PURO GESTO

TEIXEIRA COELHO

PURO GESTO

ILUMI//URAS

Copyright © 2020
Teixeira Coelho

Copyright © desta edição
Editora Iluminuras Ltda.

Capa
Eder Cardoso / Iluminuras

Imagem da capa
Teixeira Coelho

Revisão
Bruno D'Abruzzo

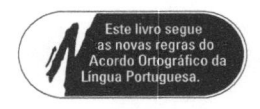

Este livro segue as novas regras do Acordo Ortográfico da Língua Portuguesa.

CIP-BRASIL. CATALOGAÇÃO NA PUBLICAÇÃO
SINDICATO NACIONAL DOS EDITORES DE LIVROS, RJ
C621p

    Coelho, Teixeira, 1941-
      Puro gesto / Teixeira Coelho. - 1. ed. - São Paulo : Iluminuras, 2020.
      128 p. ; 22,5 cm.

      ISBN 978-85-7321-622-6

      1. Romance brasileiro. I. Título.

19-61353   CDD: 869.3
                              CDU: 82-31(81)

2020
EDITORA ILUMINURAS LTDA.
Rua Inácio Pereira da Rocha, 389 | 05432-011 | São Paulo - SP | Brasil
Tel./Fax: 55 11 3031-6161
iluminuras@iluminuras.com.br
www.iluminuras.com.br

A duplicidade de toda concepção moderna da história, como realidade diacrônica e como estrutura sincrônica que nunca podem coincidir temporalmente, expressa a impossibilidade para o homem, que se perdeu no tempo, de apoderar-se de sua própria natureza histórica. (Giorgio Agamben)

1

observando pela primeira vez na vida
e na história do quarto
o sol entrar pela janela
no início da manhã
e deixar na parede a marca alongada
e oblíqua,

como se Edward Hopper passasse uns dias com ele,
Josep Marília percebeu estar morto há muito tempo
embora insistentemente sonhasse estar vivo:

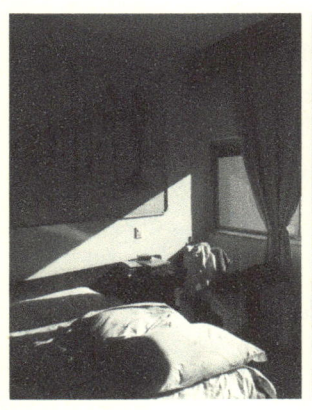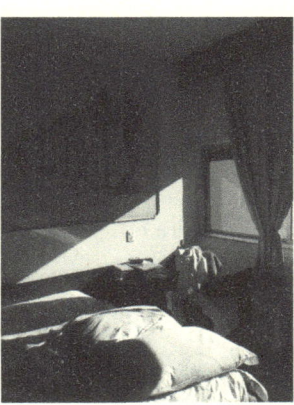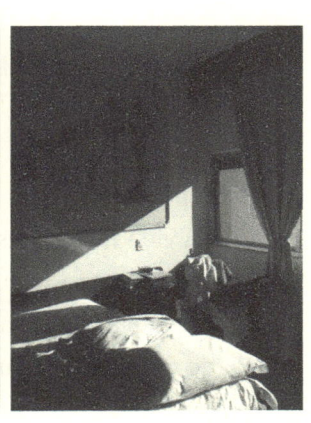

outras muitas coisas Josep Marília não percebera
ao longo do longo tempo
no entanto breve — ao longo de uma vida, quero dizer:
tomando um café com o amigo Milanês na tarde de sábado
azul e seca
que quase poderia passar por bela tarde de sábado
de um inverno indeciso e talvez o último da espécie
na superfície do planeta
(os próximos serão versões do verão)
Josep Marília percebeu que não podia relatar passagens da vida
como Milanês fazia, displicente e insistente e orgulhoso:
"naquele dia, naquela reunião, aquelas tantas e essas e aquelas pessoas,
o texto que escrevi *para ela*, especial *para ela*, o texto que li, o texto que ela leu
de início sem os poemas que eu havia escolhido
porque o diretor de cena não queria incluir os poemas
que eu havia escolhido e gritei com ele
sou o diretor-geral, eu quero! esses poemas!
nunca fiz uma imposição assim em minha vida
antes",
Milanês disse,
"exigir alguma coisa em nome de minha posição, quero dizer":
e tudo parecia importante e decisivo nas palavras de Milanês
mas não nas palavras de Josep Marília sem nada para relatar:

ou assim pensava:
como se a vida tivesse passado inteira em
página em branco
dessas que não existem mais porque tudo agora é *doc*
na tela do computador ou do iPad sem o qual
Josep Marília não mais poderia viver:
e nem páginas em branco existem mais:

não mais poderia viver:

quer dizer, Josep Marília sonhava estar vivo

ou ainda estar vivo, essa a parte intrigante:

sem que eu saiba se era a parte mais intrigante para Josep Marília ele mesmo

ou para mim apenas, eu que acompanho a vida de Josep Marília:

não posso dizer *como* Josep Marília *realmente* se sentia a respeito disso,

esse talvez seja um dos lados fraudulentos

de relatos longos como este sobre Josep Marília

que se desdobra e some de vista:

o autor do relato apresenta-se como alguém capaz de penetrar na mente

do personagem, que é sempre um personagem mesmo sendo real,

e expor ao leitor tudo que o personagem sentiu e pensou

ou viveu

em certo dia em dado momento da vida

diante de certo fato ou evento ou pessoa

como por exemplo diante da amante ou da namorada ou do "caso",

como quer que Josep Marília ou sua amante sua namorada

ou "caso"

descrevesse aquela *relação amorosa*:

a verdade é que o autor do relato não conhece o que passou pela mente e

nervos

e vasos sanguíneos do personagem,

pelos vasos sanguíneos do pênis do personagem por exemplo,

e assim o autor sente-se obrigado a um esforço

nem sempre doloroso

para imaginar o que ocorre dentro de seu personagem narrado

que não deixou marcas sobre a face da Terra,

o que de resto só teria real sentido se a Terra fosse *viver para sempre*,

como se diz,

quando então faria sentido deixar marcas sobre a face da Terra

embora se saiba, mesmo quantdo todos pretendem não saber,
que um dia a Terra *não será mais*
e terá sido pulverizada no espaço negro e frio ou
transformada em outro planeta frio e morto e escuro
como tantos
e um planeta morto a mais não faz qualquer diferença, Josep Marília,
e portanto não faz diferença se o personagem deixou ou não muitas
ou poucas ou marca alguma sobre a face da terra:

quero dizer: o autor faz um esforço *quase doloroso* para *saber*, não *imaginar*,
o que ocorre no interior de seu personagem quando mais fácil e
mais prazeroso seria *imaginar livremente*, como em ficção,
o que ocorre no interior de seu personagem, no interior da mente
de seu personagem,
seja o que isso for,
ou de seus nervos e músculos (é possível saber *o que é*
uma crispação de músculo e o que *possivelmente* significa
uma *crispação de músculo* em determinado instante da vida,
o quê significa uma crispação de músculo quando se caminha por uma rua em
S. Petersburgo perto do rio (mas *sempre* é perto de um rio em S. Petersburgo,
há água por toda parte em S. Petersburgo)
e o que significa uma *crispação de músculo* quando o personagem ouve
um insulto mal inconsciente da amante, por exemplo,
ou uma carícia inesperada que a amante
faz em certo momento,

e o momento é quando a amante nua no meio da noite e dormida ao lado
ou na aparência dormida ao lado
toca de leve em breve e mínima carícia a perna do amante nu ao lado
sem que o amante, que deve ser Josep Marília, possa dizer se a amante
naquele instante dormia e se a carícia era então inconsciente
ou meio dormida nua como estava,
situação em que a carícia continua semiconsciente
ou brevemente acordada no meio da noite e,
sentindo o corpo nu do amante ao lado,
lhe fazia uma carícia breve e rápida e inesperada e rara,
passageira e ligeira e mínima na coxa, *um* toque,
carícia que Josep Marília percebeu
por estar acordado naquele instante como acordado estivera a noite toda
ou a intermitências acordado naquela noite, como naquele instante,
por sentir o corpo de Lis B ao lado:

13

 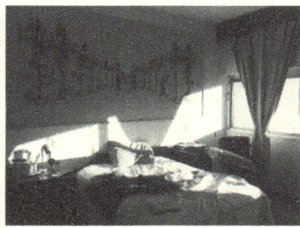 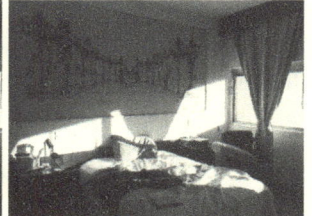

Josep Marília não sentiu apenas o toque de Lis B em sua coxa,
sentiu a mão de sua amante ou *caso* sobre a coxa:
as *mãos* sempre com um papel importante na vida de Josep Marília:

e pelo menos isso eu sei de Josep Marília, que sonhava estar ainda vivo
quando ao longo de dias e dias caminhou, ao acaso quase sempre,
pelas ruas de S. Petersburgo
no início de um certo outono quando já fazia frio suficiente para um

agasalho leve ou um leve casaco e quando ainda era possível
com surpresa
ver o vento da alma sair pela boca e condensar-se em leve e rápida
dissolvente fumaça
incapaz de afastar-se mais de tantos centímetros do corpo
ainda quente de Josep Marília:

o corpo ainda quente de Josep Marília:

o corpo ainda quente da amante da namorada ou do *caso* de Josep Marília:

e muitos corpos ainda quentes ao lado de Josep Marília
ou completamente congelados pela mecânica da história
ao lado de Josep Marília:

Josep Marília sonhava estar ainda vivo enquanto andava sem rumo
por S. Petersburgo para ali cumprir o que estava previsto cumprir
e que com os amigos combinara cumprir: sonhar:
sonhar o século 20 neste século 21:

clara impropriedade e inexatidão de minha parte dizer que
Josep Marília caminhava *ao acaso* pelas ruas e canais de S. Petersburgo
porque Josep Marília sabia exatamente aonde ia naquele instante
que agora recordo:
e para onde Josep Marília caminhava naquele instante
ao longo do canal Griboyedov, apenas outro braço do rio Neva,
era para a Catedral do Sangue Derramado
ou para a igreja do Cristo Ressuscitado

no qual se vê *no entanto* uma imagem de Cristo *pregado na cruz,*

uma imagem do *Cristo Crucificado*, como se diz,

mais visível quando se está em barco navegando pelo canal Griboyedov

e se erguem os olhos para a lateral da construção bizantina,

bizantina no espírito,

quando então se vê, eu escrevia, a imagem de Cristo na cruz

com os olhos bem abertos,

e será a única imagem de um cristo pregado na cruz mas com *olhos abertos*

como *horrorizado* com o que via

no instante mesmo em que a catedral começou a erguer-se em 1883

e horrorizado com o que vira em seguida naquele lugar

como em 1917

e depois em 1990 na crise econômica balançando a URSS

pós-queda do muro de Berlim

e agora em 2017

cem anos depois dos *acontecimentos de 1917,*

igreja do Sangue Derramado porque ali

o sangue de Alexandre II foi derramado durante um atentado a bomba,

outro,

a primeiro de março de 1881 dois anos antes que o filho

de Alexandre II, Alexandre III, fizesse erguer a Catedral do Sangue Derramado

inspirada na arquitetura de outra igreja em Moscou dita de Basílio, o Abençoado,

com a diferença que a igreja de Basílio estava em Moscou, no interior

da Ásia real, Moscou cujo coração é asiático ao passo que

a Catedral do Sangue Derramado,

Josep Marília fazia questão

de ter isso bem em mente naquele instante,

permanecia na mais europeia das cidades russas

com mais de milhão de pessoas a situar-se mais ao norte

do planeta Terra e que se revela

aos poucos,

para quem vem de fora, se não a mais bela da Europa,

porque instalada apenas na imaginação da Europa,
pelo menos a mais nebulosamente instigante do norte da Europa:

e *naquele instante* em que caminhava ao longo do Griboyedov
Josep Marília sonhava intensamente estar ainda vivo
embora já morto há muito tempo:
o tempo:

e naquele instante Josep Marília tinha *intencional consciência,*
bem ao contrário do que pregava um poeta que nunca talvez escreveu
um poema mas *pensava poeticamente* enquanto
se dedicava a *pensar cientificamente,*
Josep Marília tinha *intencional consciência,* eu escrevia, de estar profunda
e visceralmente preso e vinculado
à *vida dos objetos* à sua volta
como os paralelepípedos — os *paralelepípedos* — sobre os quais pisava
irregulares
rumo à Catedral do Sangue Derramado
e *intimamente* preso à amurada de pedra separando a rua do canal e
preso à própria catedral à frente e aos prédios amarelos ao lado
e à cor creme de outros prédios da rua
e também de estar profunda e visceralmente ligado
e incorporado
à vida das pessoas a seu lado e à vida de sua amante
ou namorado ou *caso* Lis B
caminhando ao lado e,
ainda mais vital do que isso embora lhe fosse difícil
essa comparação, mais cômoda para mim
embora certamente eu a faça de modo equivocado,
absoluta e radicalmente vinculado à própria vida dele mesmo, Josep Marília, e

totalmente consciente do fluxo de sangue passando por seu coração
(naquele instante percebeu ser mais fácil sentir o sangue passando pelo coração
do que por outra parte do corpo como o pênis),
ligado e cimentado à própria vida como sentira tantas vezes antes
na vida
e nisso bem ao contrário do que pregara o poeta científico que dizia
ser vital desligar-se da vida dos objetos
e da vida das outras pessoas
e da própria vida
para sentir-se vivo:

a teoria de Josep Marília para *o instante*,
sua ideia de como o *instante* poderia ser percebido e vivido *prolongadamente*
em toda sua minúscula e elástica duração, era oposta
à teoria do poeta cientista:
era a ideia de estar *irremediavelmente* preso à vida dos objetos,
e Josep Marília sentia-se parte das pedras
da Catedral do Sangue Derramado e
parte da vida dos outros assim como se sentia irrevogavelmente preso
à vida de sua amante namorada *caso* Lis B a seu lado
caminhando na rua ao longo do canal
e preso à vida do sangue correndo no próprio coração ou,
em todo caso,
às batidas do próprio coração, quase a mesma coisa:

e assim Josep Marília sonhava ainda estar amplamente vivo,
algo que sei como certo mesmo não podendo fazer nenhuma prova do que digo
neste instante:
mesmo estando já morto, sei que Josep Marília sabia estar sonhando
estar vivo naquele exato instante:

não sei, mas pesquisarei, a partir de quando Josep Marília
começou a sonhar que estava vivo mesmo estando já morto,
o que equivale a dizer, creio, que
Josep Marília nunca teve consciência de estar já morto: ninguém tem
consciência de estar morto,
talvez apenas a consciência de estar morrendo,
diz a lenda, como se diz que costumam narrar-se as pessoas
de imaginação desesperada ou desesperançada:
eu posso, talvez, imaginar *quando* Josep Marília passou a estar morto:
não sei se contribuí para isso, se tive papel ativo nisso
(é emocionalmente difícil dizer "se tive um papel ativo em sua morte"):
ou digamos que soube que Josep Marília estava morto
quando me encontrei com sua ex-amante Amélie, a soprano, em Berlim
à saída da Ópera Cômica, uma noite:
não encontro palavra adequada para descrever

o que era Amélie *para* Josep Marília ou
o que era Amélie *de* Josep Marília, como se diz, amante, namorada ou o quê:
Amélie não gostaria de definir-se em qualquer dessas
palavras, algo que de resto Amélie me disse claramente,
menos ainda fora *esposa* de Josep Marília, o que de fato nunca foi,
menos ainda esse rotineiro *companheira*, palavra sem sentido,
o que me deixa literalmente sem palavras:
se fosse um filme não seria preciso descrevê-la como sendo *algo*,
o que ela não admitia ser,
ou atribuir-lhe uma condição,
bastaria mostrá-la ao lado de Josep Marília e
os gestos dele na direção dela
e os olhares ocasionais dela para ele
e as *mãos* dele e as *mãos* dela
para deixar clara a relação entre eles:
mas a literatura precisa de palavras e quase sempre
as palavras adequadas não existem ou são rechaçadas

assim como Amélie as rechaçava:

naquele instante em Berlim Amélie *já fora* amante de Josep Marília

e não mais *era* sua amante e Josep Marília sabia disso:

naquele instante anterior Amélie já se declarara *afastada* de Josep Marília

e imagino sem problema que Josep Marília deve ter-se sentido *arrasado*

com a decisão de Amélie,

imagino que a decisão tenha sido dela

como costuma ser, da mulher:

Josep Marília deveria ter-se sentido acabado, esgotado,

não era de enfrentar de modo leve

uma história assim

nem de levá-la adiante como tragédia

e eu de algum modo sentia-me em vantagem sobre Josep Marília

ao encontrar-me naquele dia do passado com Amélie

quando os dois não mais eram amantes

um do outro

mesmo se eu estivesse *indo além* de Josep Marília

ao ver coisas que Josep Marília não vira,

sabendo de coisas que Josep Marília não poderia saber,

o que de resto não espanta uma vez que o autor de fato

sempre vai além do personagem,

vive mais a vida do personagem do que o próprio personagem

e quase fui *ainda mais além* de Josep Marília porque estava claro

para mim que *eu* me apaixonara por Amélie, pelo menos enamorara-me de

Amélie (*apaixonara-me* é mais correto) primeiro ao simplesmente ouvi-la

cantando naquela noite na Ópera Cômica de Berlim

naquela rua que um dia ficara no lado oriental

de Berlim quando o muro se ergueu da noite para o dia

e portanto bem dentro da Alemanha Comunista como

paradoxalmente

tantas outras coisas interessantes de Berlim hoje

e depois ao vê-la na rua à saída da Ópera Cômica, naquela noite, e

depois tomando com ela uma taça de vinho no
bar próximo e me enamorando dela outra vez *para nada*
como também acontecera com Josep Marília, *para nada*:
embora Josep Marília tivesse mergulhado naquela história
muito mais profundamente do que eu
que dela me enamorara platonicamente apenas,
como se diz,
enquanto Josep Marília não:
Amélie provavelmente disse naquela noite que "nada é definitivo"
como Josep Marília ouviria em outra ocasião de uma outra *relação*
com outra mulher e na forma de uma frase arquitetada
para funcionar como faca afiada feita para cortar fundo
e penetrar fundo outra vez
e uma vez *no fundo* contorcer-se na ferida e ferir mais
o que houvesse por ferir: "nada é definitivo", sim, Josep Marília sabia,
tudo é indefinitivo salvo coisas como morrer por exemplo:

Josep Marília não pensava em morte quando andava paralelo ao
canal Griboyedov rumo à Catedral do Sangue Derramado onde veria o único
Cristo crucificado com os olhos bem abertos,
talvez a única imagem no mundo oficial das imagens de Cristo crucificado,
o que diz muito sobre as tendências de representação preferidas
pela humanidade uma vez que,
na cruz verdadeira, crucificado, sem dúvida Cristo ficou com os olhos abertos
algum tempo apenas antes de morrer
e depois de ressuscitado, fora da cruz,
ficou com os olhos abertos por toda a eternidade
ou os deixou fechados
por toda a eternidade
e teve seus olhos abertos no século 19 quando se ergueu o templo
a tempo de testemunhar os horrores *daquele instante*:

Josep Marília não pensava em morte naquele momento mas deve ter sido
a memória da morte
que o levara a S. Petersburgo, antes Leningrado, por onde Lenin entrou na
Rússia, pela Estação Finlândia, em seu retorno do exílio na Suíça
em abril de 1917, pouco antes de Outubro de 1917, Estação Finlândia
de frente para a qual Josep Marília quis ficar, em hotel,
antes de descobrir-se parando
por acaso
em outro hotel diante de outra estação em S. Petersburgo,
a estação Moscou,
naquele mês de 2017 um século depois: um século:
querer uma coisa e acabar com outra:
assim é, pois:

a Estação Finlândia está na *outra* margem do Neva,
margem oposta à do Hermitage na qual Josep Marília e Lis B hospedavam-se,
e essa fenda
entre a margem onde Josep Marília se alojava e a margem da Estação Finlândia
onde queria estar
era tão intransponível quanto o século separando 2017 de 1917:
essa Finlyandskiy Station que em seu frontispício se anuncia
Finlyandskiy Railway Station em semirrusso e semi-inglês
como se a inscrição em inglês fosse um contrapeso modernizador
ao nome em russo na outra ponta do prédio, Финляндский вокзал,
em luminoso recente, parecia, embora quão recente Josep Marília não sabia
e não iria a uma enciclopédia para descobrir,
enciclopédia que certamente não lhe diria nada a respeito:
Finlyandskiy Station ficava na outra margem do Neva
e Josep Marília pareceu entender o significado de seu engano: não
se vai a uma cidade em busca de uma mecânica da história,

vai-se em busca de um *presente imediato*
ao qual Josep Marília queria cimentar-se e a respeito do qual se enganara:

mas a outra margem do rio parecia fora de alcance
mesmo se pegasse o barco-ônibus que faz a travessia do Neva e
mesmo se cruzasse a pé a ponte Dvortsoviy:

a paisagem demora a desfazer suas sombras

e Josep Marília imaginava que aquelas sombras não se desfariam:
inalcançável:
assim era por acaso e assim seria:
(sua nova amante ou sua já ex-amante perguntaria, ácida,
"*por que* inalcançável? basta decidir *tomar uma atitude* e alcançá-la"
e nem mesmo disse isso de modo sardônico ou irritado, disse-o
apenas de modo distante, com algum imaginado desprezo):

observando a paisagem nessa perspectiva, não é difícil entender que
Josep Marília não se desse conta de estar morto há tempo,
tempo demais,
mesmo sonhando estar vivo,
ao deitar-se com a primeira mulher de sua vida
a depilar-se totalmente no baixo-ventre
ao redor da vagina
e *ficar* com ele: esperara tempo demais
para ir para a cama com uma mulher depilada em todo o corpo
menos na cabeça e nas sobrancelhas
e em particular nas partes particulares:
não sentiu saudade da *Origem do Mundo* como Courbet a imaginara

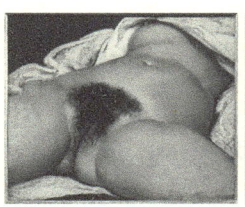 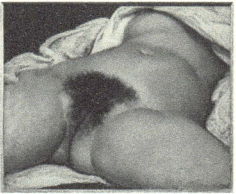 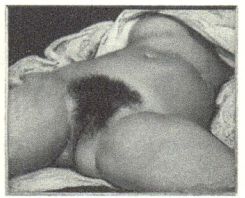

no instante em que foi para a cama com Lis B
e a viu pela primeira vez
nua e depilada:
entendeu, porém, que *aquilo* — e *aquilo* era o Monte de Vênus peludo,
algum dia sinal e motivo de desejo — desaparecera e que o código agora
era outro: talvez o contrário do desejo, talvez o oposto do desejo: talvez
pelo contrário a oferta total e por isso irrelevante: tal vez:

camas desfeitas pelo sol da manhã

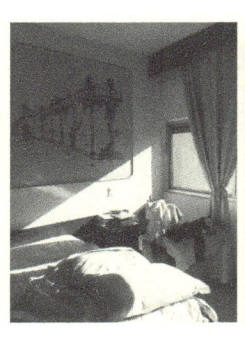 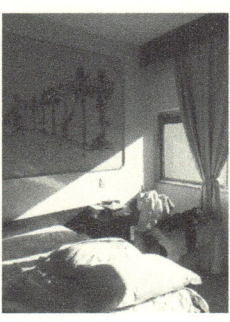 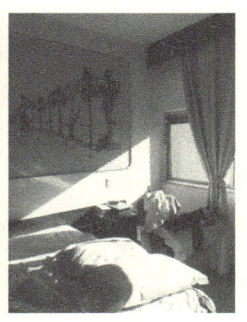

Josep Marília nunca cruzou o Neva pela ponte Dvortsoviy
ou pelo barco-ônibus
para ir ao encontro remarcado
com a Finlyandskiy Station:
pelo contrário, rumou na direção oposta, a *exata direção contrária*
embora sem escapar das águas do Neva ou do mar que rodeiam a cidade

e a dividem em sucessivas ilhas como se o rio ou o mar murasse toda a cidade
com uma água por vezes dura
e impenetrável
como fortalezas medievais ou como a mecânica da história:
Josep Marília foi com Lis B na direção
de Santo Alexander Nevsky *Lavra*,
do Mosteiro de Santo Alexander Nevsky, na outra extremidade,
a extremidade leste da Alexander Nevsky Prospekt:
imenso mosteiro que em 2017 cem anos depois de 1917
cobra ingresso à porta do mesmo lugar onde Pedro I da Rússia
fez construir o mosteiro em 1710 supondo ser aquele o local
onde Alexander Nevsky derrotara os suecos em 1240
mas equivocando-se de lugar
por 12 longas milhas na contagem de 1710
assim como Josep Marília equivocara-se
de estação e acabara num hotel do outro lado do rio
e diante de outra estação, a Estação Moscou,
acreditando estar num hotel diante da Estação Finlândia
na verdade a 5,5 milhas de distância da Estação Moscou:
um erro metade menor que o de Pedro I e menor ainda do que seu erro
na relação com Lis B:

a paisagem demora a desfazer suas sombras

Alexander Nevsky por todo lado,
como no filme sonoro de Eisenstein em 1938
seu primeiro filme com som, cinema falado como o de
Manoel de Oliveira mas bem diferente de Manoel de Oliveira,
filme musicado, *Alexander Nevsky*, mais do que falado, filme operático,
e o cinema nunca mais deixou de ser ópera com a música agora
por todo lado e o tempo todo e enfiada nos ouvidos mesmo na rua,

música constante como no filme

dramatizando a vitória de Alexander Nevsky sobre os Cavaleiros Teutônicos

no século 13 e no século 20 incluído na lista dos cem melhores da história,

filme com trilha de Prokofiev

e filme que *o Partido* cuidou para que não fosse "formalista"

ao indicar dois comissários de plantão junto a Eisenstein

para impedi-lo de ser *formalista* e cuidar para que se armasse a suficiente

propaganda stalinista na iminência do erguimento da Alemanha nazista:

Alexander Nevsky usado *pelo Partido* para inflar *a identidade soviética*

que baniu a religião

e agora cem anos depois Alexander Nevsky cultuado como santo milagroso

(como Nicolau II)

pelos russos pós-soviéticos no *lavra* onde Josep Marília entrara sem pagar

com sua amante Lis B,

ou como se possa designar a mulher que amava *naquele instante,*

porque o sacerdote na bilheteria não tinha troco para a nota

que Josep Marília lhe apresentara à entrada do

lavra ou mosteiro e sorriu para Josep Marília ao ouvir a nacionalidade

de Josep Marília pela qual perguntara e ver Lis B ao lado e os deixara entrar

sem pagar,

mosteiro com seu denso conjunto de blocos de celas

para os monges e com a igreja e o refeitório e o largo parque,

um dos únicos três *lavra* da Igreja ortodoxa russa

por sua importância histórica e religiosa

e que deveria conter os restos de Alexander Nevsky

que porém não estavam ali e sim no Hermitage,

a milhas de distância na *ponta oposta* da Perspectiva A. Nevsky

como se os ossos de Alexander Nevsky

fossem mais uma *obra de arte,* no museu,

as cinzas de Alexander Nevsky,

as cinzas do corpo como obra de arte,

arte contemporânea pois, parece, no Hermitage

de onde quase se podia avistar a Estação Finlândia
em frente, do outro lado do rio,
Estação Finlândia que Josep Marília não avistaria:
outra sombra difícil de desfazer-se:

como fazer para estar presente ao encontro com a história,
pensou Josep Marília: e sei que pensou isso naquele instante
porque conheço Josep Marília bastante bem a esta altura:

e os russos pós-soviéticos com piedade cultuavam Alexander Nevsky
no interior da igreja
em fila e em várias filas de crentes que passavam a passo lento
para chegar a um ícone ou dois ou três recobertos por vidro
sobre o qual cada fiel depositava seu beijo e
de vez em quando um sacerdote jovem ou não
aproximava-se para tomar nas *mãos*
uma toalha pendurada ao lado do ícone
e com ela limpar o vidro
mas com *alguma* frequência apenas:
a Igreja do Salvador do Sangue Derramado é deslumbrante cenografia
porém a igreja dentro do *lavra* de St. Alexander Nevsky
é cena de culto vivo quase reservado aos russos
homens e mulheres e velhos e jovens
que desfilam ao redor de Josep Marília para orar ou
beijar o ícone através do vidro
o que significava beijar primeiro o vidro
já beijado antes por tantos

sangrando o vidro

um crente e outro sem parar, recolhidos e respeitosos:
Josep Marília sentiu-se tentado, não pela primeira vez,
mas por uma vez significativa, a *deixar de ler e abrir os olhos*
talvez a *deixar de ver* e abrir os olhos
ou a deixar de ler e *fazer alguma coisa concreta*

Lies nicht mehr — schau!

que é como imagino que Josep Marília pensou,
abrir-se para o que via
na igreja de Santo Alexander Nevsky que no século 13 derrotara
os Cavaleiros Teutônicos como fora preciso derrotar
ou inevitável
ou desejável
e o que Josep Marília viu a seu redor foi

A love supreme,
A love supreme,
A love supreme

que Josep Marília pensara, quando primeiro ouviu o refrão,
mesmo suspeitando tratar-se de algo místico,
que fosse antes o *amor banal e sensual* e *inexplicável* porém imediato
como aquele que sentia por sua namorada amante ou *caso*, como se diz,
Lis B,
tanto mais quanto depois ouviria "A love supreme" de John Coltrane
sem conhecer a letra e supondo fosse outro bom jazz
e que só depois de conhecer a letra, *the lyrics*,
só depois de descobrir por trás da música o *poema* de John Coltrane
Josep Marília entendeu ser um canto à divindade,
um Deus, se for o caso de dizer
ou digamos de uma vez,
por inesperadas que lhe parecessem as palavras de John Coltrane,

o Deus que para John Coltrane era *tão belo, gracious* e *lovely*
e *eufórico* e *elegante* e *exaltante*
que não se devia temer a Deus, dizia Coltrane:

e lembrando-se dos versos de Coltrane
transformados em música
naquela manhã no interior da igreja de S. Alexander Nevsky
no vasto terreno do mosteiro às margens do Neva
ao lado de sua amante ou namorada ou *caso* Lis B
cuja *mão* relutante ele tocava no instante,
mão bem distinta daquela do sacerdote que colhia a toalha ao lado do ícone
para limpar os beijos anteriores sobre o vidro e deixar o vidro *como* limpo
para o novo beijo:
Josep Marília *esteve a um pequeno passo imediato de passar*

por uma *experiência mística*, como se diz ou como talvez Josep Marília dissesse,
e entender as emoções daquelas pessoas
caminhando lentas rumo ao ícone sob o vidro para beijar o vidro
numa manhã fria de sol em S. Petersburgo
e possivelmente *sangrar o vidro,*
as mulheres quase todas, velhas e jovens, com algum lenço na cabeça:
abra os olhos e veja, Josep Marília:
pare de ler e veja:

Lies nicht mehr — schau!

mas Josep Marília não deu o pequeno passo imediato
a separá-lo da *experiência mística* no Alexander Nevsky *Lavra,*
não *aquela* experiência mística:
continuou preferindo, passado o instante de *entusiasmo,*
a experiência mística do love supreme como experiência perfeita de jazz
assim como preferia *a love supreme* como experiência de pele

e *mãos* e carne e fluídos quentes e o calor do corpo da namorada
amante ou ocasional *caso* Lis B:

o resto do domingo Josep Marília passou diante da TV olhando,
no quarto de hotel na avenida Ligovsky diante da Estação Moscou,
não diante da Finlyandskiy Station,
a estátua esquartejada do Político da Cidade descendo deitada numa barcaça
algum rio dos Balcãs que Josep Marília preferia fosse o Danúbio,
o rio Rio se *Danúbio* vier, como parece, do protoindo-europeu *danu* para *rio*
portanto o rio dos rios, o Rio dos Rios que atravessa dez países
dez fronteiras
dez bandeiras
dez identidades
mais do que qualquer outro rio do mundo, de cada uma

cobrando seus tributos de sangue

a seu tempo e hora
que pode ser qualquer hora e qualquer tempo:

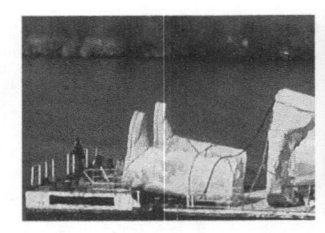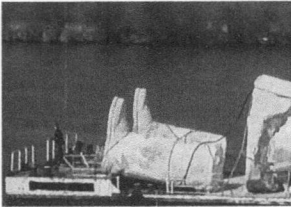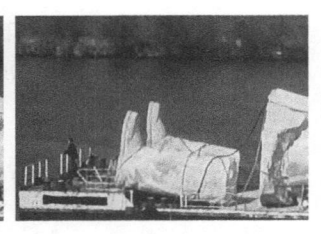

descendo lentamente o rio numa gigantesca barcaça

30

com o braço esticado para a frente e os dedos da *mão*
pateticamente buscando indicar o caminho ao timoneiro
como se incapaz de perder o hábito
arrogante
de apontar o rumo:

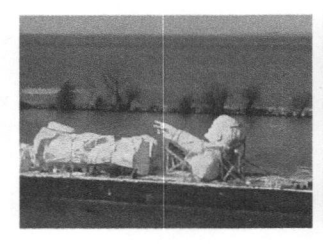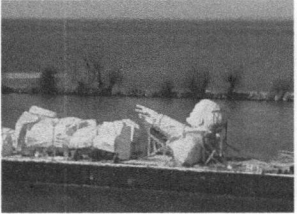

pateticamente insistindo em apontar ao timoneiro o caminho a seguir
esquartejado como estava
sonhando ainda estar vivo

mesmo estando morto há muito tempo
há tanto tempo:

Josep Marília seguia fixamente
as imagens deslizando hipnoticamente
pela TV
como se corressem há muito tempo por aquele leito digital
assim como o Rio dos Rios fluíra imemorialmente entre dez países:
danu, em sânscrito *fluído* e também *gota, uma* gota,
em seu caminho para desaguar, quão apropriado, no Mar Negro
uma gota na direção do Mar Negro
assim como o Político da Cidade deslizava pateticamente
em direção ao buraco negro da História

empurrado indiferente e indolentemente por um pequeno
rebocador da História
cujo timoneiro olhava para os lados ou para trás ou mesmo para a frente
porém mais para a frente real do que para o ponto indicado pela *mão*
artificialmente erguida por uma prótese que quase poderia também ser
uma prótese peniana:

e a barcaça passou ao largo ou pelo meio de uma capital dos Balcãs
que poderia ser Belgrado à noite

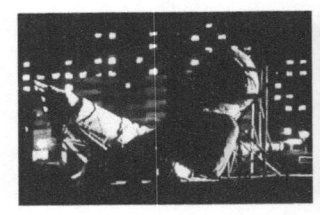  

e ninguém aparecia à janela para ver o Político da Cidade esquartejado
deslizar rumo ao Mar Negro
ou a qualquer outro lugar
ao contrário do que haviam feito as
pessoas simples do interior
que a intervalos acompanharam a barcaça desde a margem
por algumas dezenas de metros
em algum lugar
acenando para as pessoas a bordo ou para o Político da Cidade
petrificado e esquartejado

e fazendo o sinal da cruz quando enfim reconheciam o Político da Cidade

que não lhes permitira fazer o sinal da cruz diante de ninguém

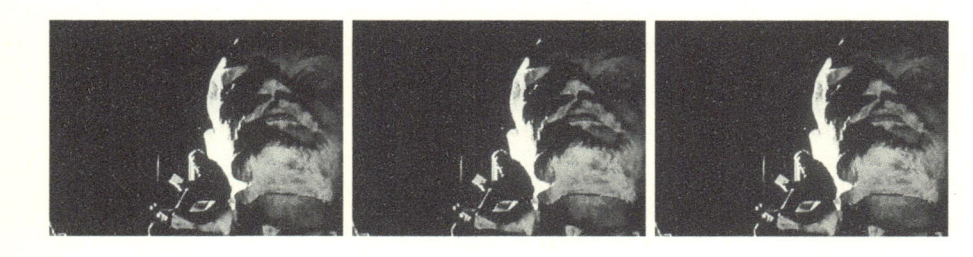

nunca:

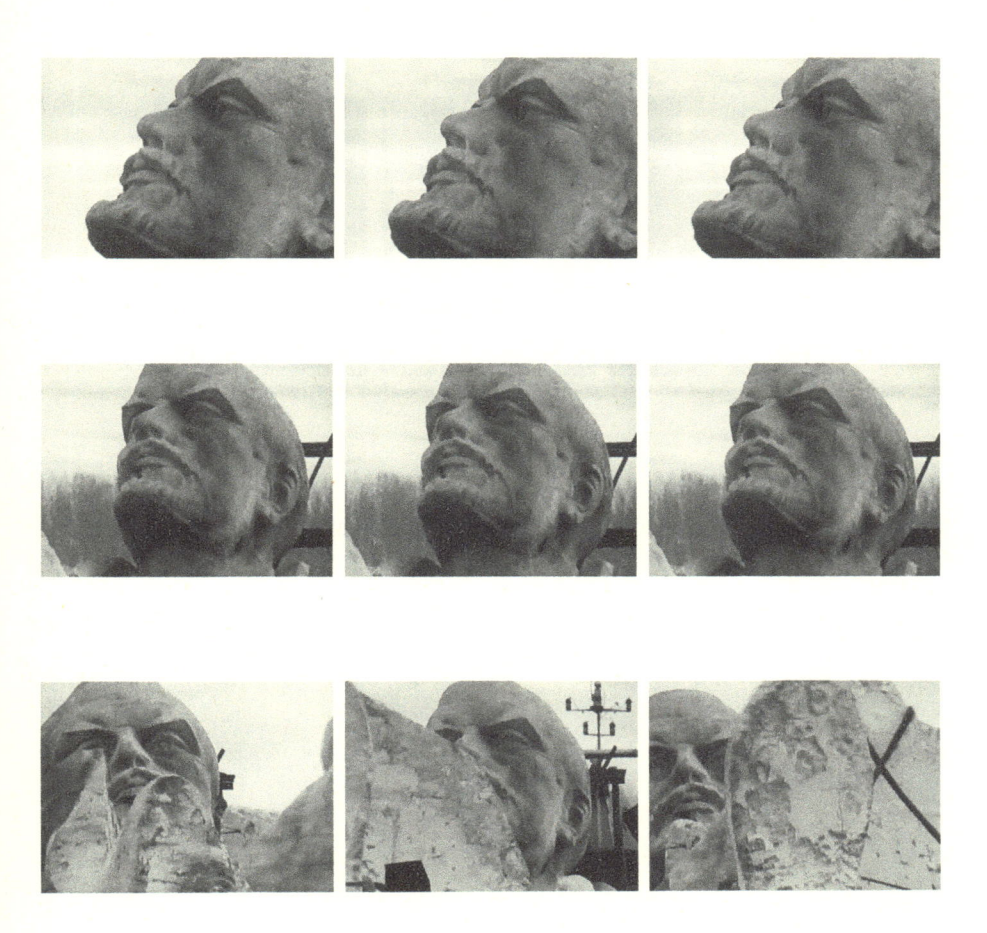

33

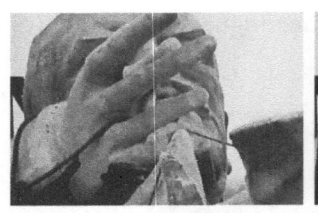

do lado de fora do hotel em que Josep Marília hospedava-se
fazia sol
um sol de outono como esperado
e Josep Marília vendo pela janela o sol lá fora

por breve instante
imaginou a barcaça com o Político da Cidade esquartejado
deslizando ali ao lado
no rio Neva

desfilando o Político da Cidade esquartejado
como Josep Marília vira outros iguais,
um na Ucrânia,
depois a serem remontados,
como aquele da barcaça,
num desses cemitérios de esculturas
Jardins da História
como o Memento Park de Budapeste,
outro modo de manter os fantasmas
assombrando a cidade para sempre:

Josep Marília continuava sonhando estar vivo
em S. Petersburgo
e dava-se provas materiais de estar vivo
mesmo estando morto já há algum tempo:
deve ser bom sonhar estar vivo
na S. Petersburgo sentida por Anna Akhmatova como
"apropriada para as catástrofes": e tantas:
a revolução de 1917
depois o cerco de Leningrado como Petersburgo fora renomeada
naqueles tempos
e o tempo todo as inundações por todos os lados
e os ventos
e o sonho obsessivo de Peter o Grande
de construir uma Capital Ocidental
para a Rússia
que civilizaria a Rússia
como Brasília sonhada para ser capital civilizatória, fracassada:
uma capital de canais e portos e aberturas para o mar e o mundo,
o negativo de Moscou cercada e envolta por terra por todos os lados
fechada sobre si mesma interiorana e provinciana: para sempre:

30.000 morreram de malária na construção da Amsterdã oriental,
e de escorbuto e disenteria
e *devorados pelos lobos à luz do dia*:
e os aristocratas moscovitas e moscovitas ricos em seguida forçados
a mudar-se para Petersburgo
ao passo que Josep Marília para lá fora por vontade própria:

mas a cidade dera a si mesma em 1754 o Hermitage
(talvez não *mas* porém *e*)
pelas mãos de outra Grande, Caterina,
apenas cinquenta e um anos depois de fundada
e depois de 1917 a perda de 1.800.000 dos habitantes da cidade
sob Lenin, o Político da Cidade, que leva a capital de volta a Moscou,
mortos aos milhares por inanição e violência e assassinatos
no legado comum das revoluções e guerras civis:
e no entanto Petersburgo resistiu a Lenin
e depois resistiu aos nazistas
com um espírito de resistência temido por Stalin que mandou fechar
o *Museu à resistência contra os nazistas*
e prender seus diretores: nada de resistências por aqui:
Josep Marília também resistia em seu sonho
naqueles dias em Petersburgo, S. Petersburgo:

e naqueles mesmos dias Josep Marília via as imagens
da estátua de Lenin esquartejada
deslizando lentamente pelo Rio dos Rios
diante de seus olhos, incompreensível,
lembrando-o de outras estátuas de Lenin destronadas

e Josep Marília capturou precariamente as imagens azuladas
de Lenin deitado na barcaça
seguido nas margens pelas *pessoas simples do campo*
como se diz
benzendo-se e fazendo o sinal da cruz
e por pessoas invisíveis ou inexistentes às janelas iluminadas e vazias
de uma cidade à noite

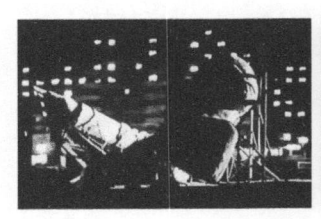

38

e as enviou para Lis B no outro lado da cidade
dizendo-lhe que voltasse de imediato para este lado de S. Petersburgo
sugerindo-lhe que viesse em seguida para este lado
pedindo-lhe que viesse para o lado dele em S. Petersburgo
e Lis B foi de imediato: Josep Marília ficou surpreso:
Lis B ao alcance da *mão*:

2

The emotional past sometimes really is another country

medo pânico por vezes e ira e raiva
sobretudo medo e uma velada angústia
gravados a fogo na *mentalidade do passado* de Josep Marília,
na representação do passado que Josep Marília se fazia:
emoções negativas de uma mentalidade de Josep Marília que se revelava
para mim,
mas quase certamente não para ele,
como uma *pena de longa duração* como a descreveu certo historiador
fascinado pelas mentalidades: uma *longa sentença*:
Josep Marília condenara-se a uma *pena de longa duração*
(prisão perpétua, talvez)
e minha suspeita é que ele disso não suspeitava em nada e por nada:

na verdade não me atrevo a dizer que Josep Marília condenara a si mesmo
a essa pena de longa duração
embora seja exatamente isso que Lis B um dia lhe disse:

que Josep Marília insistia em condenar-se a si mesmo:
Josep Marília era um livro tão aberto assim
que sua primeira amante com depilação total podia ler de imediato,
Josep Marília perguntou-se:
a resposta era sim, era um livro tão aberto assim
e Lis B não era
afinal
uma depilada qualquer:

emoções positivas apareciam ao lado das *emoções negativas*
e não de todo reprimidas, pelo contrário, emoções positivas
igualmente à flor da pele tanto quanto as negativas
e Josep Marília delas tinha igual consciência:
espanto, então, seria a melhor descrição daquelas todas
emoções negativas e a questão estava em saber se *espanto*
poderia ser considerado emoção negativa
ou apenas *emoção neutra*
ou *uma emoção*:
um *espanto tranquilo* por assim dizer
embora nunca assim seja dito,
um *espanto tranquilo*:
ver a barcaça deslizando lentamente pelo Rio dos Rios
carregando a estátua esquartejada rumo a algum outro
cemitério de símbolos:
um *espanto tranquilo* e não um espanto entorpecedor
ou letárgico ou aniquilador da vontade e da decisão:
um *espanto tranquilo* diante de uma outra terra
de um outro país
para o qual Josep Marília não tinha visto de entrada
um visto que ele mesmo nunca se concederia
por não ter o menor desejo de admitir-se nessa terra estrangeira:

e no entanto a terra estranha abria-se diante dele
a todo instante
à queima-roupa, ele sentia, à traição,
terra estrangeira da qual não conseguia escapar:
um navio ao afundar provoca tremenda sucção à volta,
supõe-se ou é fato,
e por cego espírito de sobrevivência é preciso
nadar com todas as forças
desesperadamente e desesperançadamente
na tentativa de escapar à espantosa força desatada
da *sucção para o fundo*
e sentindo *pesadamente,*
de um modo que prendia mais ainda o náufrago potencial ao mesmo lugar
de múltiplas formas líquidas,
que sua tentativa era vã:

41

as *emoções positivas* no entanto existem e circulam por essa terra
que mesmo assim segue sendo estrangeira:

I don't dare start thinking in the morning

Josep Marília não mais se atrevia a começar a pensar
logo pela manhã
na terra estrangeira,
a terra do passado emocional:

I don't dare start remembering in the morning

e não mais se atrevia a começar a lembrar-se
da terra estrangeira

do passado emocional
pela manhã:
(ou de tantas outras coisas, como de Lis B):

o passado emocional era perigoso, Josep Marília sabia,
ameaçava sua existência
iria puxá-lo para o fundo ou empurrá-lo para o fundo:

antes disso, iria preparar tudo para a chegada dos amigos e
cumprir sua parte da missão que lá iriam todos cumprir: sonhar o século 20
no século 21:
não seria preciso muita coisa:

42

Josep Marília não ficou nem de longe em estado de choque ao ver
as imagens da barcaça com a estátua esquartejada
assim como se diz que um soldado entra em *estado de choque*
em situação extrema sob bombardeio intenso
sem saída possível e sem resgate
quando então, mesmo depois de resgatado,
perde a capacidade de falar e ouvir o que lhe dizem
e de entender onde está
ou apenas se recusa a entender *onde* de fato está:
e o que ocorre a seu redor:
Josep Marília não ficou em estado de choque:
espanto tranquilo, apenas:

> *a sombra do objeto caiu sobre ele*

a essa altura, naquele instante, Josep Marília
perdera-se no interior de suas *incertas emoções*
mas quem o visse de fora, pelo lado de fora, não sentiria
que estava *encerrado em suas incertas emoções*
e admito que se Josep Marília soubesse de minha imaginação
a respeito dele
com certeza a refutaria com a energia
ou indiferença
nele habitual: com mal oculta energia e polidez:
polidez que de resto foi usada contra ele
pelo menos uma vez por Lis B: "você é gentil *demais*", ela disse:
uma surpresa para Josep Marília:

suas *emoções negativas* o sugavam para dentro de si mesmo
com a força assustadora do navio que afunda:
e uma vez iniciado o afundamento causado pelo disparo
contra ele
de um torpedo marcado com o nome de *consciência moral*
Josep Marília estaria, aí sim, definitivamente morto
mesmo sonhando estar ainda vivo
e mesmo que sonhasse estar sonhando estar vivo:
e as emoções positivas em cujo interior Josep Marília também se encerrava
não geravam menos um redemoinho inescapável
com tremenda força de sucção
na qual Josep Marília se deixava enfim arrastar, consentindo,
como por exemplo quando tirou esta foto da Praça do Palácio,
esta foto desta enorme Praça do Palácio
diante do Hermitage ou nos fundos do Hermitage
dependendo da perspectiva do observador
(na perspectiva de Josep Marília, nos fundos do Hermitage
embora na minha fosse exatamente o contrário):

uma foto que encontrei depois em suas coisas
e que ele mesmo nunca reviu
como nunca reencontrou os vestígios de Amélie
que no entanto por acaso eu sim encontrei
assim como nunca reencontrou nada que dissesse respeito
à mentalidade do passado do qual procurava escapar
por motivos que sem dúvida ele conhecia e eu, para variar, não
ou não ainda:

eufórico, Josep Marília, ao tirar essa foto em tarde chuvosa de Petersburgo,
posso dizer com certeza tendo reexaminado o material disponível:
Josep Marília identificava-se *naquele instante* com o objeto retratado
numa emoção contrária à emoção negativa dos instantes em que
se identificara com o *objeto perdido,*
a praça em S. Petersburgo ou a amante
que não admitia ser descrita como amante namorada ou *caso*
menos ainda esposa, que sem dúvida não seria, ou companheira, ainda menos,
e que por isso viria a ser para Josep Marília
inelutavelmente
um *objeto perdido*:

conheço essa praça em suas cores na foto negadas,

é com certeza uma praça euforizante, como se diz,

exaltante excitante arrebatadora e entusiasmante

mesmo sem cores contrastantes e em suas cores controladas e contidas

ao passo que para Josep Marília a praça revelava-se alucinante

sem que nem por um instante se possa descrevê-la como *apenas alucinante*:

examinando a foto encontrada em suas coisas

com toda a profundidade de campo nela captada

posso ver uma mulher parada quase em primeiro plano,

por certo a amante com quem Josep Marília esteve em S. Petersburgo

para um encontro que não aconteceria

e é possível ver com alguma nitidez o obelisco e os palácios neoclássicos

ao fundo:

mas o que me atrai

como certamente a Josep Marília

são as nuvens carregadas no céu de S. Petersburgo

e mais do que todas elas essa figura pairando sobre a ponta cristã

erguida pelo anjo na ponta da agulha do obelisco

e que surge

impressionante

como o Deus na Capela Sistina esticando-se em meio a uma nuvem negra

para tocar o dedo de sua criação

como agora a divindade na Praça do Palácio estica-se na mesma atitude

numa nuvem porém branca

para tocar não a cruz cristã ou o anjo que a carrega

(a divindade já passou do ponto onde poderia tocar qualquer dos dois)

mas para tocar Josep Marília por trás da câmera:

e vendo outra vez a foto neste instante

percebo que de fato é esse o rumo da divindade

e que a ser tocado é Josep Marília, nada e ninguém mais:

e assim foi como a divindade tocou Josep Marília em S. Petersburgo:
imprevisível:

difícil dizer se Josep Marília percebeu-se tocado pela divindade naquele instante
embora a euforia que sentisse somente pudesse interpretar-se nessa luz:
deve porém ter-se percebido tocado pelo menos *depois*, ao ver as fotos,
em vida retrospectiva,
se as viu,
porque havia outras daquele mesmo ponto e naquela mesma perspectiva
e só aquela registrando a figura da divindade escura
e sei porque vejo as outras fotos e em nenhuma delas vê-se
a divindade escura descendo em direção ao fotógrafo Josep Marília:
escrevo *divindade escura* e tenho a *consciência moral* de não atribuir
qualquer *sentido negativo* a essa descrição uma vez que sem dúvida
Josep Marília a converteu em *divindade iluminadora* e não
a viu como divindade de alguma luz negra que ela possa ter sido
porque tampouco duvido que a incorporou a si mesmo na condição
de outra *emoção positiva* entre as tantas que o arrastaram
em S. Petersburgo:
e sei disso porque as únicas *emoções negativas* de Josep Marília
eram aquelas geradas em seu próprio interior
no interior de seu corpo
e de sua imaginação
e que o arrastavam mais para o fundo de si mesmo
com a força de sucção de gigantesco transatlântico anímico ao afundar
naqueles momentos em que Josep Marília identificava-se com o *objeto perdido*
bem ao contrário do transatlântico esfuziante de *E la nave va*:

resta-me descobrir com quem afinal Josep Marília identificava-se
ao ver a figura estendendo-se no ar para tocar com o dedo a ponta do dedo

de Josep Marília e dar-lhe a vida por Josep Marília sonhada

no exato instante em que já estava morto:

e talvez *naquele* instante soubesse disso, que estava morto, quero dizer:

a divindade escura podia ser apenas uma, claro: Lis B:

é possível que eu esteja me rendendo, nesta interpretação,

ao mesmo tipo de equívoco e mesmo tipo de *ideia feita* a que

por vezes entrega-se Josep Marília:

de todo modo era aquele o objeto perdido com que Josep Marília

depois identificou-se sem saber que o objeto de fato perdido

era ele mesmo: não Lis B mas ele mesmo:

ao perder Lis B perdera a si mesmo:

mas como não posso menosprezar a inteligência

e sensibilidade de Josep Marília

devo admitir que soubesse ser ele próprio

o *objeto perdido* por ele perdido:

Josep Marília não podia ter consciência moral disso *naquele instante,* contudo:

minha própria memória da Praça do Palácio no entanto é outra,

não me identifico com Josep Marília nessa perspectiva:

apenas reconheço que Josep Marília deve ter tido alguma razão particular

para tirar aquela foto em preto & branco quando a ação natural

seria apenas apertar um botão e deixar as cores vistas ao vivo

reapossarem-se daquela cena: se não o fez foi por intuir

com emoção

que havia ali algo que não se podia revelar a seus olhos nus:
eu ainda tenho de descobrir se aquela experiência mística na Praça do Palácio
atrás ou na frente do Hermitage (Josep Marília diria *atrás*)
aconteceu antes ou depois da passagem de Josep Marília e sua amante
pela igreja de S. Alexandre Nevsky Lavra
quando o *misticismo ambiente* (Josep Marília não admitiria o recurso
à palavra *religiosidade* e portanto não a usarei) sugeriu-lhe com força
porém sem imposição
uma *experiência mística ocasional*
de outro modo rara de observar em sua história:

junto à foto encontrei a anotação
"não sairei de casa neste sábado de total abandono
e desespero",
quase certamente uma citação,
e não logro localizá-la no tempo por não ter certeza se a foto
na praça do palácio
foi tirada num sábado e se antes ou depois disso que me parece
uma citação cujo autor suspeito identificar:

e então, em seguida, Josep Marília entrou com Lis B
no Palácio de Inverno junto ao Hermitage
e logo encontrou o caminho para o grande salão branco

que era como lhe parecia aquele imenso salão branco
mesmo se o piso fosse de madeira marron decorada com gregas douradas
impondo sua forte presença aos olhos:
mas o branco dava, como dá, o tom da cor dominante
e ocupa o campo de visão de quem entra nesse salão
e assim foi que Josep Marília entrou no imenso salão branco,
branco

de um delírio branco

puro vestígio,
que era o que Josep Marília sentia *naquele instante*: um vestígio,
o imenso salão branco
(como continua a ser, na História)
assim como Josep Marília ele mesmo era um vestígio
e como era Lis B um vestígio de Lis B naquele mesmo instante
quando entraram no vasto salão branco:
mas disso Josep Marília não poderia saber
naquele instante,
que fossem apenas vestígios, quero dizer,
porque o *espírito intenso* que era Josep Marília, como Lis B o descrevera,
não admitiria que naquele exato instante
Lis B fosse já apenas vestígio de Lis B:

Josep Marília entrou com Lis B no imenso salão branco
do baile arrebatador ao final de *Arca Russa*

um baile esfuziante e delicado e delicadamente e amorosamente
tratado pelo diretor de *Arca Russa* que fez Josep Marília
harmonizar-se consigo mesmo quando assistiu ao filme
assim como eu mesmo retorno à harmonia comigo mesmo
ao escrever esta passagem:

Lis B não vira *Arca Russa,* é provável, mas isso não impediu
que Josep Marília a tomasse nos braços
no instante em que poucos visitantes caminhavam pelo imenso salão branco
e com ela nos braços desenhasse uns passos de dança
corteses e lentos
como Josep Marília não imaginara poder desenhar
e alguns visitantes observaram e
outros fingiram não observar
e mesmo um vigilante
(que por vezes designa-se *assistente de público*)
hesitou intervir:
Josep Marília ensaiava uns passos de algo que poderia parecer-se
a uma valsa lenta inconsciente de si mesma
valsa esquecida de si mesma
e talvez Josep Marília se lembrasse que Lis B amava dançar
embora ele mesmo gostasse de dançar apenas com Lis B
e não *de dançar,* intransitivamente,
mesmo se nunca até aquele instante
tivesse dançado com Lis B
ou, imagino com facilidade, mesmo se gostasse de dançar

com a mulher que amava *no instante* por sentir o corpo dela
perto do seu como naquele instante sentia o corpo quente de Lis B
contra o seu:

o vigilante deve ter decidido que aquela dança não fazia parte do
roteiro autorizado de visitação do museu, agora um museu,
e tampouco do roteiro autorizado para aquele salão branco
e começou a deslocar-se rumo ao casal de dançarinos contemporâneos
deslizando no imenso salão branco onde apenas alguns
turistas inconscientes
perturbavam a tranquila beleza do instante
e estava a poucos metros do casal agora leve e solto
que formavam Josep Marília e Lis B usando sua larga camisa branca apropriada
para o cenário
com babados vastos nos punhos a ¾ da manga
algo fora da moda comum do século 21 mas acomodados à delicadeza
da memória que Josep Marília se fazia do baile branco em *Arca Russa*
com o qual Lis B não podia sequer sonhar
sem que isso em nada perturbasse a *realidade aumentada*
para a qual Josep Marília se deixara sugar naquele instante
enquanto via a realidade real à sua frente e a seu lado e junto a seu corpo
com seus dois olhos amplamente tomados
por Lis B diante dele e bem colada a ele

e enquanto com sua mente *aumentava* aquela realidade por meio da memória
(que não era pura e falsa imaginação, sei disso)
do baile branco na *Arca Russa*:

e Josep Marília naquele instante segurando Lis B nos braços
em *vestígio de um delírio branco*
(sem que Josep Marília percebesse como isso era verdade naquele instante)
sentia-se plenamente integrado e acomodado e confortado
naquele mundo de 1913 imaginado e tornado real como fantasia em *Arca Russa*
quatro anos antes de 1917 e cento e quatro anos antes
do centenário de 1917 em 2017:
Josep Marília sentia-se acolhido por Lis B e pelo salão branco
e pelo baile branco de *Arca Russa*
e talvez aquela foi a primeira vez em que Josep Marília sentiu-se acolhido
e *recebido por uma obra de arte*, como se diz,
acolhido por um *mundo anterior*
feito de beleza e esplendor
e era de todo indiferente a Josep Marília
que aquele mundo artificial
de beleza e esplendor
do filme *e* do tempo histórico encenado no filme
porém contestado e destruído em 1917 por 1917 ele mesmo
fosse mais tarde condenado e proscrito e banido, por indevido,
das conversas e das imaginações e aspirações
do grupo a que Josep Marília imaginara pertencer:
Josep Marília não escondia essa *emoção positiva* de si mesmo naquele instante
mas não a declarava a Lis B em seus braços vestindo a camisa branca
de punhos rendados a ¾ do braço
porém imaginando e suspeitando ou desejando que Lis B entendesse
o que ele, Josep Marília, sentia,
no que estava equivocado: Lis B naquele exato instante

já era apenas o vestígio de um delírio de Josep Marília
e o próprio Josep Marília estava morto
embora sonhasse estar vivo
assim como se sentia em tudo vivo
espacialmente vivo
naqueles minutos deslizando no imenso salão branco
em lentos passos de dança ao som de indefinida música
ouvida apenas por Josep Marília
enquanto Lis B, em surpresa absoluta para Josep Marília,
deixava-se levar:
ela que nunca se deixava levar:

e Josep Marília e Lis B dançavam agora imperturbados
pelo *assistente de público*
e pelo pouco público presente no salão branco
e que em parte fingia ignorar o casal dançando
e em parte parava para ver o casal dançando
e admirar o casal dançando não pela dança
que só podia ser imprecisa e incerta
(ou talvez pela dança também)
mas pela ousadia do casal no vasto salão branco
com se fantasmas da História
mais do que do filme
que sem dúvida nenhum deles jamais vira ou veria:

Josep Marília tomava a História como uma questão pessoal,
percebe-se:

tomava a História *a corpo*, como se diz:

e terminada a dança ou abandonada a dança
assim como se abandona um poema num certo instante
Josep Marília fez questão de descer pela escada imperial do Hermitage
com Lis B ao lado
mesmo se ao pé da escada a porta lateral do Hermitage na realidade
não se abrisse para o rio Neva
que corre do outro lado da ampla rua
(como são muitas das ruas em S. Petersburgo)
e do outro lado da amurada separando a rua do rio
e não junto à soleira mesma do Hermitage como no filme:
o rio Neva corre *rente* ao Hermitage apenas na realidade ampliada do filme:

é improvável que Josep Marília não se lembrasse,
dançando clandestina e abertamente com Lis B
no imenso salão branco do Palácio de Inverno,
da cena do baile no *Leopardo* de Visconti
com um sólido e maduro Fabrizio Tomasi di Lampedusa,
o príncipe,
incorporado por um sólido e maduro Burt Lancaster,
levando nos braços a beleza e o esplendor jovem de Angélica
filha do burguês Don Calogero,
que é como devem se chamar sempre os burgueses,

trazida à vida por uma Claudia Cardinale que se torna

a imagem mesma de Angélica no livro e no filme

e por quem Don Fabrizio se enamora

como se fosse a última vez na vida

embora soubesse que Angélica iria para a mão de seu sobrinho Tancredi,

um tema este, o *abismo das idades*,

que pode ser um falso abismo, como um dia ligeiramente disse Lis B,

talvez levianamente disse,

sem deixar de ser em tudo um abismo verdadeiro

recorrente na vida tardia de Josep Marília:

beleza e esplendor podem não bastar:

suspeito que Lis B não estava nos braços de Josep Marília

aquela manhã no Palácio de Inverno do Hermitage

embora fosse isso que *formalmente* acontecesse naquele instante

e pudesse ser visto como *objetivamente* acontecendo

naquele instante pelos poucos visitantes

naquele exato momento engolidos pelo sono da História

sem a menor consciência de que assim fosse,

pisando o piso de madeira ricamente trabalhada e anulada pelas paredes

e colunas brancas como vestígios brancos

do imenso salão branco:

beleza e esplendor podem não bastar:

digo isso por saber mais sobre Lis B do que o próprio Josep Marília,

tendo acesso a documentos e fotos dela que nunca chegaram a Josep Marília

e pelos quais Josep Marília de resto não se interessaria
por serem exatamente isto: documentos e fotos do passado
em papel amarelado pelo tempo
como devem ser os documentos do passado
(enquanto o papel continuar como suporte da escrita)
e com quatro furos à margem esquerda para serem guardados
em pasta com ganchos de metal como existiam no século passado
e como hoje seriam impensáveis, furos quase comendo letras das palavras
escritas à máquina de escrever, outra coisa do século passado:
Lis B amava *alimentar-se das coisas mesmas que estivessem acontecendo*,
tirar forças dessas coisas mesmas para existir e continuar caminhando,
como dizia,
retirar forças *das próprias coisas que fazia*:
e acreditava tirar forças das coisas a seu redor menos de uma,
a *relação amorosa* ou *relação sentimental* ou *relação*: das *relações*, como dizia:

daquilo a que se chama amor é impossível alimentar-se, dizia,
impossível pelo menos como lhe ensinaram experiências passadas
que resultaram em *desgaste total* de sua pessoa e de sua sensibilidade
fazendo-a perceber (imaginava) como a afetividade é sempre, palavras dela,
um *problema sem o qual podia passar muito bem*:
tal como o *problema* acaso representado por Josep Marília:
constatar que não dependia da relação amorosa para alimentar sua vida
libertava-a da ansiedade da *busca*, ela escreveu naqueles documentos
do passado,
libertava-a da ansiedade gerada pela busca do outro, a busca da *relação*:
Lis B vivia muito bem sozinha, ela dizia, e não é difícil imaginar que
o tivesse dito também a Josep Marília naquele momento, que ela vivia
e viveria muito bem sozinha
deixando fluir *normalmente* o que estivesse fluindo sem se preocupar
com buscar *uma realização a mais*, como disse em suas palavras:
sem *buscar* uma realização a mais:
não creio que Lis B dançando com Josep Marília

naquela manhã em início de inverno em S. Petersburgo, inverno
que em cidades menos estimulantes seria início de outono,
buscasse *uma realização a mais* com Josep Marília:
e Josep Marília não o percebeu uma vez que
exatamente
permitia-se sentir *apenas aquilo que estivesse sentindo no instante*
como naquele instante da dança com Lis B,
algo que Lis B, por erro irônico, tomava como busca
de uma realização a mais por parte de Josep Marília:
ou busca *da* realização pura e simples:
Lis B insistia em pensar que seu problema não era
transcender-se *no outro,*
algo que trocava de bom grado pelo que estivesse acontecendo
no momento ali mesmo e
sem qualquer transcendência:
Lis B insistia que isso se tornara absolutamente claro para ela
porém mesmo assim de vez em quando perguntava-se
se *isso* seria suficiente e admitia a hipótese de que perguntar
se isso seria suficiente já era admitir uma brecha em sua crença
e em sua argumentação
e em seu sentimento e sensação, e essa suspeita era-lhe perturbadora
e inaceitável:
a questão, escreveu nos documentos do passado, era deixar-se ir
tão *passiva* no fluxo da vida
como se estivesse morta: e que isso seria o bastante para salvá-la,
o que é um pouco assustador *para mim*: e talvez para Josep Marília:
nada é definitivo, Lis B dizia ou disse pelo menos uma vez,
o provisório era tudo que poderia ter significado para ela:
deixar-se capturar pela duração do momento:
e Lis B atribuía a Josep Marília o exato oposto desses sentimentos,
no que se equivocava de modo essencial:
Josep Marília *sentia apenas o que estava sentindo em todos os instantes*

como naquele instante do baile

no salão branco

e nem mesmo o sentimento da História o invadia naquele instante:

e essa divergência de pontos de vista iria instalar-se entre eles

como uma cunha irremovível

que Lis B diria ser um problema de comunicação

e que Josep Marília descreveria como *algo trágico*:

a impossibilidade de tocar o outro de um modo que superasse o presente

e apontasse para um próximo momento, um momento seguinte

que pudesse ser previsível e preparado e agendado, algo que Lis B

repelia em tudo e por tudo:

além disso, Lis B zombaria do recurso

ao adjetivo *trágico* aplicado àquele caso ou a qualquer outro:

Lis B convencera-se, repetia,

que nada é definitivo, portanto nada poderia ser trágico,

nem a tragédia ela mesma, ideia que deveria forçá-la

a propor *uma outra ideia de tragédia,*

uma tragédia não definitiva e que portanto

se revelasse transitória, reversível,

se é que Lis B de fato se importava com o sentido da palavra

ou das palavras,

o que não parecia ser o caso: não naquele caso:

o resultado era claro: beleza e esplendor não bastam
mesmo se Josep Marília sentisse intensamente
que pudessem bastar naquele instante
dançando no salão branco:
beleza e esplendor eram já vestígios:
Josep Marília estava já morto mesmo sonhando
estar vivo:

baixava sobre a dança no imenso salão branco
naquele exato instante
uma manta escura que bem poderia ser a da tragédia,
não como desastre ou catástrofe
mas como irreversibilidade, como um *definitivo*:
Lis B sentia por vezes um cansaço tão imenso e largo
e profundo como se tivesse trabalhado por um século
e vários séculos seguidos
e nesses momentos tudo que queria era transformar-se
em *campo de mato úmido* sobre o qual pisaria
em manhã fria e brumosa do sul do país (de onde viera)
sentindo o cheiro das folhas molhadas
e nele deter-se, *de cócoras*, e ali deixar-se ficar por um século
e vários séculos seguidos como alguma coisa da natureza ela mesma;
sem história e sem História;
e ao mesmo tempo ela dizia querer lançar-se para a frente
como uma amazona e uma valquíria
e enfrentar o que tivesse de enfrentar sem sinal de exaustão
e contra todas as opiniões e posições e desejos:
as palavras dela eram essas mesmas
(duvido que Josep Marília as ouvisse ou em todo caso as reconhecesse
mas eu sim):
não sei apenas, e esse *apenas* é um vasto oceano,

se Lis B percebia que sentia o *vazio pleno,*
outro modo de significar o *absoluto*
que ela mesma desprezava ou do qual pelo menos desconfiava:
não creio que Angélica
dançando nos braços de Fabrizio Tomaso di Lampedusa, o príncipe,
sentisse algum *vazio pleno,*
provável é que sentisse somente o pleno
idêntico ao pleno que Josep Marília sentia naquele instante
no salão branco de S. Petersburgo:

saindo do Hermitage pela porta lateral dando para a margem do rio Neva
embora não *sobre* o rio diretamente e sim sobre a rua ao lado do rio
e embora não *saindo* realmente do Hermitage
mas *parando* à porta do Hermitage sem dar o passo decisivo

que o poria fora do Hermitage
Josep Marília na verdade enxergava o rio Neva tal como o filme o mostrara
correndo bem perto do Hermitage:
colado ao Hermitage, quero dizer:
a visão que tinha do rio naquele instante de 2017
cem anos depois de 1917
era a de um rio congelado em meio à neblina
embora no filme o rio pudesse não estar congelado
(e teria de rever o filme para descobrir se no filme
o rio surgia congelado ou não — e isso hoje seria possível,
rever o filme quero dizer, porque hoje com o DVD
o filme estaria sempre a seu alcance e Josep Marília não mais precisaria
contar apenas com a memória do que um dia viu
na sala de um cinema
e que nunca mais veria de novo se o filme não fosse exibido outra vez:
agora o filme estava disponível a seu lado em DVD e
Josep Marília não precisaria sentir a angústia da incerteza quanto ao que vira):

mas Josep Marília não tinha o DVD
nos instantes daqueles dias de 2017 em S. Petersburgo
e portanto enxergava o rio ao lado do Hermitage do modo como
imaginava o rio: congelado:
um rio congelado com todos os momentos do tempo congelados
num só lugar, num só ponto, embora a névoa envolvendo tudo ao
redor do rio e o próprio rio
(mesmo não havendo névoa alguma naquele dia preciso em S. Petersburgo)
fornecesse a sutil sensação de que tudo se movia:
a experiência do tempo ancora-se no presente
e essa era a única experiência do tempo que Josep Marília poderia viver:
o imaginário projetor da Física não exibe o filme suposto do tempo
um *frame* por vez, um quadro por vez, um slide por vez:
o projetor da Física não dá essa ilusão, *não estimula* essa ilusão:
na Física e para a Física tudo acontece *ao mesmo tempo*
e essa era para mim a única explicação plausível para Josep Marília
continuar sonhando que estava vivo mesmo estando morto
há muito tempo:
e tanto que a única coisa que posso fazer é escrever
a *história de um impulso*, não de um *fato da vida*:
não sei, por exemplo, se Josep Marília *sabia* estar morto
ao sonhar estar vivo
e não tenho indícios que me orientem para esta ou aquela hipótese
porque Josep Marília nunca escreveu diários ou notas esparsas
sobre sua vida
nos quais eu pudesse ou possa me basear:
o que significa que para todos os efeitos
sua vida passada era uma vida já morta
em tudo fora de seu alcance e que não mais lhe pertencia,
significando que poderia muito bem apenas sonhar estar vivo:
e que a única coisa que eu poderia fazer seria escrever a *história de um impulso*:

a neblina sobre o rio Neva do lado de fora do Hermitage
naquela manhã em S. Petersburgo
em algum momento antes ou depois daquela mesma manhã,
não exatamente do lado de fora do Hermitage
mas à porta do Hermitage
e em situação que a qualquer instante poderia levá-lo para fora do Hermitage
ou de novo para dentro do Hermitage,
criou a cena adequada para que Josep Marília visse o rosto
de Lis B projetado na neblina e projetado sobre as águas do rio que
na neblina
poderia propor-se como espelho turvo a devolver-lhe o rosto de Lis B
que no entanto estava a seu lado na soleira da porta lateral do Hermitage
e se Josep Marília não podia ver bem o rosto de Lis B a seu lado

por estar exatamente *a seu lado naquele instante*
não podia tampouco distinguir com clareza o rosto de Lis B
projetado pelo projetor da Física sobre a neblina pairando acima do rio
visto por Josep Marília naquele instante como nitidamente *correndo,*
quer dizer *passando* e fluindo,
qualquer que fosse a imagem real do rio no filme:
e isso foi uma visão e uma sensação impressionantes:
na *mídia social* de Lis B, como se diz, vê-se uma foto sua com o rosto
a três quartos, sem dúvida um *selfie*
em preto & branco
em sofisticado preto & branco,
um desses instantâneos felizes que captam a beleza insuspeitada
de um instante
em que Lis B aparece sorrindo
o cabelo longo tocando a metade do pescoço e penteado para trás
da orelha esquerda
e pelo lado direito descendo solto sobre a testa quase cobrindo o olho direito:

e possivelmente era essa a imagem vista por Josep Marília naquele instante
parado à porta do Hermitage com Lis B a seu exato lado
enquanto se esforçava para ver
o verdadeiro retrato de Lis B em algum lugar
algo que, sei agora, Josep Marília não poderia ver nunca
embora se acreditasse capaz de fazê-lo:
um retrato completo de Lis B, um retrato verdadeiro de Lis B
em S. Petersburgo
e também longe dali, em qualquer outro lugar e tempo:

longe dali como em Farragut North,
a estação do metrô de Washington que Josep Marília atravessa quase todo dia
indo de Foggy Bottom para College Park-U of Maryland
anos antes de conhecer Lis B e portanto sem qualquer chance
de que passar pela estação de metrô de Farragut North
no passado
fosse significativo para o esforço de ver *o retrato verdadeiro de Lis B*
a que Josep Marília se entregava naquele momento
na soleira da porta do Hermitage,
porta que ninguém usava por não estar aberta à maioria das pessoas
e talvez porque não existisse,
por ser, bem provável, apenas uma *liberdade poética* do filme, como se diz:

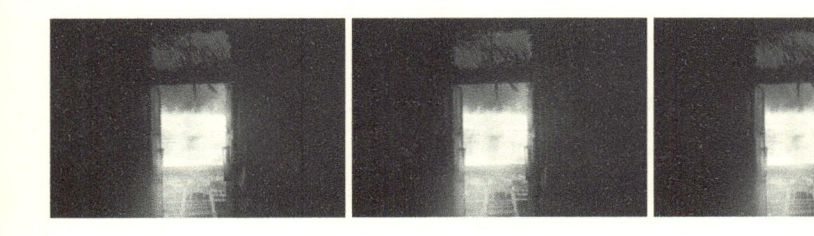

ou que talvez exista:
alguma porta tem de haver em algum lugar:

uma coisa é certa:

Lis B diria, como de fato disse, ser *excessivo* tudo aquilo:

não me refiro ao Hermitage,

que pode ser excessivo

e certamente o é:

nem a S. Petersburgo

que certamente pode revelar-se excessiva

assim como a Igreja do Sangue Derramado é excessiva

e faz do excessivo sua *espantosa razão de ser*

com todo seu dourado extremo e suas figuras em tamanhos desmedidos

e seu mármore interior de todas as cores deslumbrantes e improváveis

e tanta outra coisa *excessiva* em seu exterior e em sua imaginação:

Lis B julgava *excessivo* o esforço de Josep Marília

para captar a imagem dela mesma, Lis B,

e ampliá-la para poder entendê-la:

e Lis B julgava *excessiva* sua própria presença ao lado de Josep Marília

em S. Petersburgo naquele ano de 2017

e ainda mais *excessiva* a presença de Josep Marília

ao lado dela em S. Petersburgo:

tudo era excessivo para Lis B:

ou era o que dizia:

Lis B sonhava sonhos excessivos ela mesma, porém:

num sonho sonhou que sua barriga era aberta

como numa operação pela qual precisasse passar de urgência

e no interior de sua barriga encontravam pedras grandes

e terra e barro e a mata úmida sobre a qual gostava de pisar

e o cheiro de mato molhado de sua região do sul do país onde nascera

e quem achava tudo isso no interior de sua barriga

era ela mesma
assim como achava também um homem apertando fortemente
contra o próprio corpo
o corpo nu de uma mulher nua
assim como nu estava o homem
e a mulher era ela mesma
e o homem Lis B não sabia se era Josep Marília
assim como Josep Marília tampouco sabia se era ele mesmo:
Lis B não tolerava que a apertassem com força
ou que a apertassem com *qualquer* força
ou pressão
em qualquer lugar do corpo
a menos que esse aperto fosse como o do sonho que sonhara,
com *coisas* saindo de dentro de sua barriga, quer dizer,
um homem nu apertando-a fortemente contra o peito
e ela também nua:
Lis B sonhava sonhos estranhos e perturbadores
e Josep Marília há tempos não sonhava sonhos perturbadores:
certa vez Josep Marília sonhara que estava cercado por montes de merda
e que não havia como não pisar na merda para sair da merda:
mas esse poderia ter sido um sonho de Lis B:

não sonhar sonhos perturbadores poderia ser cômodo
mas retirava-lhe a possibilidade de *narrar* sonhos perturbadores:

Lis B não gostava de sonhos e não gostava que Josep Marília imaginasse
os sonhos que ela poderia ter sonhado:
nem gostava dos sonhos que Josep Marília sonhava
ou pensava sonhar:

Como uma esperança negra, qualquer coisa de mais antecipador pairou...

à porta lateral do Hermitage:
mas Josep Marília não estremeceu sentindo aquela sensação:
estava acostumado às esperanças negras:
sabia o que podiam conter de antecipador:

Josep Marília estava imobilizado à porta lateral do Hermitage
sem se decidir a dar um passo à frente e assim afundar no rio
que apenas ficcionalmente corria *justo ali*
ou pisar no cimento duro da calçada que sabia existir *logo ali*
e sem se atrever a retornar para o interior do Hermitage:
não que receasse a acusação implacável de *excessivo*
que Lis B lançaria contra qualquer decisão que tomasse
e que era *implacável* apenas aos olhos dela mesma:
apenas, a acusação implacável de *excessivo* era outro xeque
que Lis B lhe dava e que o fazia congelar-se à porta lateral do Hermitage:

O coração, se pudesse pensar, pararia.

conclusão que Lis B ela mesma descreveria como *excessiva*:
imobilizado à porta lateral do Hermitage Josep Marília sabia que nunca poderia
dizer a Lis B como gostaria que todo aquele tempo
à porta lateral do Hermitage e ao lado de Lis B

durasse para sempre

e que aquele exato segundo

fosse o instante que inauguraria o tempo:

aquele tempo *na verdade estava inaugurando* o tempo de Josep Marília:

"Você sabe, meu filho, aqui o tempo se transforma em espaço",

diz, a Parsifal, Gurnemanz, cavaleiro do Santo Graal,

na ópera *Parsifal* de Wagner

no instante em que Parsifal observa que mal se movia

e no entanto fora já tão longe:

Gurnemanz nada diz, claro, é Wagner quem faz Gurnemanz dizer

a Parsifal essas coisas, na ópera:

o tempo se transforma em espaço

como no *horizonte dos eventos* que bordeja um buraco negro

onde espaço e tempo, escreve Einstein sobre a relatividade restrita

e a geral,

transformam-se num *continuum* indivisível:

a única diferença sendo que Josep Marília não quer ser esmagado

e aniquilado pela força monumental da gravidade dentro do buraco negro

mas *permanecer e estender-se para sempre no espaço do tempo*

gerado pelo peso gravitacional de Lis B a seu lado,

espaço de tempo durante o qual ele e ela

teoricamente

teriam de alcançar uma singularidade

(e ter um fim numa singularidade)

que no entanto Josep Marília negava

para em seu lugar propor que a presença deles à porta lateral do Hermitage

observando o rio Neva passar na memória do filme

era apenas *a inauguração do tempo*

que os levaria *tão longe,*

ao que Lis B responderia que tudo aquilo era *excessivo*: xeque:

possivelmente, xeque-mate:

a ideia mesma de um espaço sem tempo
a ideia de um tempo representado espacialmente
e mais que isso: a ideia de um tempo vivido espacialmente
quer dizer geometricamente
reacendia em Josep Marília naquele momento
em S. Petersburgo,
para onde fora de modo a sonhar o século 20 com amigos
(e estava pronto para isso),
uma elevada intuição do espírito humano:
e Josep Marília não conseguia saber
naquele momento
se aquela elevada intuição do espírito humano era uma ideia encantadora
ou sufocante:
um espaço sem tempo
um tempo vivido apenas espacialmente
assim como ele vivia naquele instante
na porta lateral do Hermitage
em S. Petersburgo
todos os tempos cabíveis naquele instante:
o do filme
o da memória do filme
o daquele mesmo instante
que fechava o Século Vermelho:

e assim era que Josep Marília permanecia paralisado
à porta lateral do Hermitage
enquanto tudo acontecia ao mesmo tempo no projetor da Física,
a experiência de um mundo espacialmente estendido, quer dizer,
onde 1917 e 2017 projetavam-se no mesmo ponto:

"excessivo", Lis B disse, teria dito definitivamente
como sem dúvida disse
se Josep Marília lhe estivesse falando de suas sensações naquele instante
sem que eu possa saber se foi isso que aconteceu:
mas também Lis B levou muito tempo
para sair dali e do lado de Josep Marília:

> *E, assim, alheios à solenidade de todos os mundos, indiferentes*
> *ao divino e desprezadores do humano, entregamo-nos*
> *futilmente à sensação sem propósito, cultivada num epicurismo*
> *subtilizado, como convém aos nossos nervos cerebrais.*

Josep Marília algo se assusta com a ideia de um espaço sem tempo
por demais solene exatamente por isso,
com a ideia de um tempo sem espaço:
Lis B nem tanto:

a ideia de que todo o tempo
passado presente e futuro
pudesse estar ali naquele instante,
estava ali naquele instante,
excita deprime e exalta Josep Marília:
alegra-se por sentir aquela sensação
na porta lateral do Hermitage ao lado de Lis B
e entristece-se
mesmo se minimamente
por perder o passado e o futuro
dos quais não mais consegue desligar o presente:
deveria ser uma sensação gloriosa e
epifânica:
e no entanto é apenas *uma sensação:*

no entanto Josep Marília já estava morto naquele instante
embora sonhasse estar vivo,
como sentia estar naquele momento:
difícil imaginar que não *suspeitasse* estar já morto
naquele mesmo instante:
a presença de Lis B alimentava o sonho
que Josep Marília sabia ter fim previsto e marcado:

ele quase não se move e no entanto chegou tão longe

olhando pela porta lateral do Hermitage
agora em *tempo real*,
expressão sem mais sentido para Josep Marília
por estar já morto,
Josep Marília pensou perceber uma flotilha de discos voadores

descendo sobre o Rio Neva vindo do alto à direita, quase fora da imagem:
lá estava a flotilha de discos voadores:
não demorou a perceber
que via no vidro o reflexo das luzes dos candelabros *atrás de si*
assim como antes vira o reflexo do rosto de Lis B
a seu lado à porta lateral do Hermitage
projetado sobre o rio:

> *Pertenço, porém, àquela espécie de homens que estão*
> *sempre na margem daquilo a que pertencem.*

as luzes atrás dele mesmo tanto quanto a felicidade
sempre se constrói *na parte de trás*:

tempos depois Lis B me contou que Josep Marília lhe murmurara
aquelas mesmas palavras *margem, homens* e *pertencem*
em alguma incerta ordem
e me disse que eram quase as mesmas de uma certa passagem de F. Pessoa:
o que não me surpreende mas mesmo assim me espanta,
a capacidade de Josep Marília para recitar textos dos outros
embora não literalmente, eu que sou incapaz de guardar na memória
nada dos outros ou de mim mesmo:

Josep Marília segue na soleira da porta lateral do Hermitage,
Lis B a seu lado olhando fixamente para a frente como nada vendo,
o que era nela frequente,
e talvez vendo mais do que Josep Marília poderia ver
e certamente não vendo
nem por um segundo
qualquer flotilha de discos voadores descendo sobre o Neva:

o que houvesse estaria *por trás:*

Lis B nada faria para arrastar Josep Marília para longe dali
e é Josep Marília quem decide caber a ele alguma iniciativa:
e a toma:

agora há muita gente subindo a escadaria imperial do Hermitage
em movimento contrário
ao das pessoas *descendo* a escadaria imperial do Hermitage
no final do filme
só que as pessoas do filme descem a escadaria em esplendorosos
vestidos brancos e coloridos
enquanto estas agora sobem e descem a escadaria imperial do Hermitage
num movimento de dupla mão de direção
(só o passado parece seguir por uma rua de mão única)
com suas roupas escuras e indistintas
que as transformam em frangalhos da Humanidade:
entre eles um grupo de chineses com cara de não saber por que
estavam ali e o que significava tudo aquilo à volta:
os russos nunca *estariam chegando* mas os chineses estavam chegando
no fim de século 20 tardio:

mas o corredor lateral que leva ao Grande Salão Branco
está vazio e é apenas uma *Prospekt* particular
com uma porta na outra extremidade fechada para Josep Marília:
nada mais que uma perspectiva sem qualquer mão de direção visível

fechada para Josep Marília
e pela qual Josep Marília já caminhou para a frente e para trás:

não há quase ninguém agora no Grande Salão Branco
e Josep Marília poderia dançar com Lis B
como nunca dançou com Lis B
e é quase certo que nunca dançou com Lis B:

mas não é o mesmo Grande Salão Branco
e Josep Marília não sabe onde está,
o que, sei, não é nenhuma novidade embora esse conhecimento
não estivesse ao alcance de Josep Marília:
o tempo transformou-se em espaço
e Josep Marília está, literalmente, fora do tempo:
as janelas à direita abrem-se (estão *sempre* abertas) para a Praça do Palácio
no lado oposto ao da porta lateral do Hermitage
e Josep Marília consegue encontrar-se
em outra perspectiva
na linha reta com o obelisco e seu anjo e cruz:
a tempestade passou enquanto estavam dentro do Hermitage:
Lis B não mais está visível junto ao obelisco, claro:

Josep Marília não reprime a emoção desconfortável que lhe sugere
a cor verde das paredes externas do Hermitage:

> *a cidade*
> *que constroem*
> *por trás da felicidade*

Josep Marília acreditou durante muito tempo que era o contrário:

que construíam a cidade *por cima* da felicidade, acima da felicidade
sobre a felicidade: *olhando* para a felicidade:
mas percebeu naquele momento
no quarto do hotel no lado oposto da cidade em relação à Estação Finlyandskiy
(que no código da IATA é apenas e burocraticamente FVS)
lendo ao acaso outro breve poema de Celan,
(jogado sobre a cama

em sua versão digital)
que as cidades constroem-se *por trás* da felicidade:
a felicidade fica na frente e recebe *na cara* toda a carga dos ventos da história
e dos ventos da geografia
e a cara da felicidade fica usualmente em pedaços
protegendo a cidade construída
que periodicamente permanece, ela mesma, em ruína
nada deixando em pé atrás de si:

eu sei, porém, que o poema de Celan não é esse citado por Josep Marília
ou não é bem assim
mas sim este (tenho uma edição em papel nas mãos *neste exato instante*):

as cabeças, monstruosas, a cidade
que constroem
detrás da felicidade.

Josep Marília não mencionou as cabeças, nem as cabeças monstruosas
que constroem a cidade
detrás da felicidade: isso terá um motivo:
as cabeças monstruosas:

I want to save my soul, that timid wind.

talvez Josep Marília pensasse salvar seu tímido vento:

Lis B está sozinha numa ponte sobre um braço do Neva
ou das águas do Báltico
que correm pela cidade
e tudo que Josep Marília pode ver é outra Perspectiva
sem fim como todas as verdadeiras Prospekts:

Josep Marília tem exata noção e percepção de Lis B parada sobre a ponte
mas Lis B é pouco mais que uma mancha escura na paisagem:
parte da Humanidade:
Lis B com frequência torna-se muito séria e olha para a frente
como uma estátua
e diz que não tem vontade de ver arte e nem filmes de arte,
que está farta de tudo *que é sensível e pensa*:
quer apenas mato, pedra úmida, animal e natureza:

Josep Marília sentia horror à ideia de que um dia Lis B
lhe fosse grata (apenas e apenas grata) por alguma coisa cujo valor
para Josep Marília seria inexistente
ou irrelevante
e que lhe fosse grata por alguma coisa imaterial
que Lis B jamais verbalizaria:
como alguma emoção sentimental tão mais forte
quanto inexplicável e no fundo indesejável:

Lis B queria forças para viver a vida em breves instantes
e depois nada:
que era o mesmo que buscava Josep Marília:
e depois nada:
por alguma razão porém, para mim evidente,
a distância entre as sensações idênticas de ambos
era a mesma separando Josep Marília de Lis B
naquela ponte onde Lis B aparecia em primeiro plano
diante de uma vasta e melancólica perspectiva:
não era insignificativo que Josep Marília nunca aparecesse nas fotos:

e no instante seguinte Lis B não mais estava na foto
e o dia que já não estava muito aberto e limpo e bonito
como se diz
ficara ainda menos aberto e limpo e bonito
e Josep Marília não fazia ideia do motivo pelo qual
Lis B não mais aparecia na foto:
Lis B estava cansada *de tudo que é sensível e pensa*
e a intervalos Josep Marília pensava a mesma coisa
sem dizê-lo
(Lis B era notável por isso, singular nessa franqueza)
sem que ficasse claro se essa sensação correspondia
em Lis B
a alguma coisa de mais profundo e visceral
do que em Josep Marília:

a aversão de Lis B *a tudo que é sensível e pensa*
feria Josep Marília de um modo como nunca pensara possível
antes:
afinal Josep Marília acreditava ser sensível e pensar:
mas Josep Marília já estava morto naquele instante
embora sonhasse estar vivo
com uma intensidade por vezes surpreendente

para ele mesmo: e para mim, por falar nisso:
portanto não tinha por que se incomodar com a aversão de Lis B:

os pesadelos de Josep Marília haviam em larga medida cessado
e há tempos não acordava gritando no meio da noite:
incomodaram-no durante muito tempo
mas agora, de modo incômodo, deles sentia falta:
naquela mesma noite por exemplo sonhou
que um desses homens que arriscam a vida
(na imaginação de Josep Marília)
pendurando-se de alguma corda na fachada de um edifício
para limpar-lhe algum revestimento corroído e enegrecido
embora nem de longe tão corroído e enegrecido como os de Havana
estava naquele momento balançando-se de um lado a outro
diante da fachada do edifício onde Josep Marília dormia e sonhava:
o limpador de fachada e sua corda entravam em pêndulo
oscilando cada vez mais fortemente
de um lado para outro alguns metros abaixo de Josep Marília
a olhar pela janela sem saber o que fazer:
o pêndulo em que se transformara o limpador de fachada
oscilava num desenho cada vez mais amplo no ar:
o limpador de fachada assustava-se cada vez mais
e Josep Marília não sabia o que fazer:
alguém ao lado de Josep Marília sai do quarto e diz buscar ajuda:
algo porém ocorrerá antes:
Josep Marília inclina-se sobre o parapeito da janela,
que lhe fica exatamente sob e contra o peito,
estica o braço direito para baixo o máximo possível
sem perceber que corre o risco de cair também
e para sua poderosa surpresa agarra a *mão* do limpador de fachada
e o puxa para cima

com uma força que não pensava ter e que acredita inexplicável:
lentamente Josep Marília puxa o homem *com uma só mão*
talvez pelo braço do homem, não pela *mão,*
e insensatamente (Josep Marília pensa com nitidez que
esse pensamento é insensato) pensa que alçar daquele modo
o limpador de fachada
era possível apenas porque o limpador de fachada balançava-se no espaço
e isso o tornava mais leve:
o quarto cuja janela Josep Marília se debruçava
e o edifício cuja fachada o limpador limpava
não estavam em S. Petersburgo, Josep Marília sabia enquanto sonhava,
mas em S. Paulo,
valha o que valer essa consciência porque sei que naquele mesmo instante
Josep Marília sonhava estar vivo
e eu sabia que estava já morto:

a verdadeira distância entre Josep Marília e Lis B
(motivo de alguma angústia para Josep Marília)
traduz-se no fato de que o sonho de Josep Marília
parece terminar bem com o limpador de fachada
surpreendentemente içado para dentro do quarto
por uma força desconhecida em Josep Marília
(embora o sonho termine no meio e o próprio Josep Marília
não veja o limpador de fachada *realmente* ser puxado para dentro do quarto)
enquanto no sonho de Lis B sua barriga é aberta
numa operação a frio
e dentro dela encontram-se pedras úmidas e mato
e um homem adulto envolto em placenta:
e Lis B vê tudo isso no sonho:

Écrire ce n'est pas raconter des histoires. C'est le contraire de raconter des histoires. C'est raconter tout à la fois. C'est raconter une histoire et l'absence de cette histoire.

sei o que escrevi sobre Josep Marília
e sobre Lis B
sobre S. Petersburgo e sobre a Humanidade
e sobre Deus
sobre 1917 e sobre 2017
e sei o que não escrevi sobre qualquer desses temas,
se forem temas (são *funções da vida*, motivos recorrentes da vida):

e o que escrevi sobre Josep Marília e a cidade de S. Petersburgo
e Lis B
foi que Josep Marília sente-se tão fascinado pelo espetáculo
de S. Petersburgo
e do espetáculo de Lis B a seu lado nessa cidade
construída detrás da felicidade
que se esquece de sentir a distância imensa separando-o
da cidade, da Humanidade, de S. Petersburgo e da divindade
e de Lis B:
a uma velocidade que aumenta sempre sem diminuir nunca
entre Josep Marília e o que o cerca:
o que eu poderia ter escrito é que Josep Marília
parece finalmente aceitar a distância entre ele e
Lis B e S. Petersburgo e a História e a Humanidade
e a divindade
sem perceber que o espetáculo é um
quando olha para ele
e outro

bem diferente
quando não mais o observa:
Josep Marília esquece-se disso tudo
sem que *isso* se esqueça dele
até que de repente *tudo isso* se lembra de Josep Marília
e cai sobre ele de um só golpe *e o congela no ato*:

o problema é essa aceitação :
mas Josep Marília não sabe disso naquele instante
e portanto *isso* não conta:

> *Concebo que sejamos climas, sobre que pairam*
> *ameaças de tormenta,*
> *noutro ponto realizadas.*

Josep Marília deixou Lis B no quarto do hotel
como deixou tantas vezes em S. Petersburgo
ou em New York
e entrou no metrô em Ploshchad Vosstaniya ao lado da Estação Moscou:
desceu fundo na terra:

pensava que deveria preparar a reunião com os amigos para sonhar o século 20
no século 21
e no entanto só lhe passavam pela frente
os lampiões elétricos ao longo das escadas rolantes recordando-lhe
que estava em S. Petersburgo
com os mármores por toda parte

as composições do metrô passam pela estação subterrânea
muito abaixo do nível da praça
em vagões de metal corrugado velho e parecendo velho
que levam Josep Marília para um outro tempo:
o choque é frontal entre o mármore e os lampiões
e esses vagões que se encostam na plataforma semiocultos
pelas arcadas
como escondendo sua velhice técnica e estética:
só que o *outro ponto* onde se realiza a tormenta
é aqui neste mesmo ponto
do metrô em S. Petersburgo
(embora em outro tempo)
que pouco antes daquela viagem de Josep Marília naquela composição
ou pouco depois
sofre um atentado à bomba que rasga as laterais do vagão velho como se fossem
laterais de um vagão de metal velho e de antiga técnica e estética:

*Vivemos com a mesma inconsciência que os animais, do mesmo
modo fútil e inútil, e se antecipamos a morte, que é de supor,
sem que seja certo, que eles não antecipam, antecipamo-la
através de tantos esquecimentos, de tantas distrações e
desvios, que mal podemos dizer que pensamos nela.*

Josep Marília está em S. Petersburgo exatamente para esquecer e distrair-se
da morte do século passado
e o faz por tantos desvios que mal pode dizer que nela pensa:
mas a morte pensa nele:
pela segunda vez num metrô:
o outro *ponto da tormenta* foi em Tokio sob ataque com gás Sarin
cometido por uma seita contra várias linhas de metrô
e várias estações
inclusive a sua, aquela que Josep Marília usava todo dia,
Roppongi, na Hibiya Line:

naquele dia naquela hora de Tokyo porém Josep Marília estava
a caminho do aeroporto
e foi dentro do ônibus rumo ao aeroporto
que Josep Marília soube do atentado em Tokyo
na estação de Roppongi e tantas outras, naquele momento
dentro do ônibus ninguém sabia bem o que acontecia:
Josep Marília sentia-se feliz por estar no aeroporto
sem saber exatamente por quê:

o antessabor da morte e do apagamento

o claro antessabor da morte e do apagamento Josep Marília sentiu
depois
em retrospecto (um retrogosto)

nesse outro ponto onde eclodiu outra tormenta
entre as estações de Sennaya Ploshchad e Tekhnologicheskiy Institut
parecida àquela estação de Ploshchad Vosstaniya
por onde mergulhara terra abaixo
para ver os vagões velhos do metrô passarem por trás das arcadas
da estação que pertencia a um outro tempo:

paira uma ameaça de tormenta sobre o clima que é Josep Marília
e Josep Marília sabe disso:
na sua memória da foto de Roppongi não há mulheres
apenas homens,
uma planície de *salary men* deitados amontoados no chão
semimortos mortos ou passando mal:
Josep Marília sente-se bem por Lis B não aparecer naquelas fotos
(não poderia, pertencia a outro clima)
e na verdade é ele mesmo Josep Marília que *não* aparece nas fotos
por já estar morto mesmo sonhando estar vivo:

Josep Marília sonhava o século de 1917
que 2017 enterrava de vez
com todos os sonhos comprados e transformados
em depósitos no exterior
e em empresas *offshore*
e em caixas 2 de onde se extraíam malas abarrotadas de dinheiro

abatidas no chão e amontoando-se umas sobre as outras:
sem nenhum sentido
e portando todo o sentido do mundo:

Josep Marília viaja num velho vagão indo de Ploshchad Vosstaniya para
Ploshchad Aleksandra Nevskogo
e desembarca numa estação que não imagina qual podia ser
e sai para ruas ao redor por onde ninguém passa
e não tem a menor ideia de onde está
seu russo não lhe serve de quase nada e ninguém fala inglês
ou apenas um inglês como se pedaços de madeira cortados a machadadas
para o fogo
tanto quanto seu próprio russo saía de golpes
de um outro machado que cortava fundo até atingir raízes indiferentes
e tudo matava:

Josep Marília caminha apressado por quadras e quadras
de uma Prospekt sem fim e cinza
e logo anoitecerá e Josep Marília definitivamente não terá
noção alguma do *ponto da tormenta* em que pudesse estar:
era a Kirochnaya ul. mas ninguém descia pela Kirochnaya ul.
ou por ela subia para encontrá-lo em meio
ao pó de acres construções erguidas em *outro ponto da tormenta*

da história:

muito menos Lis B descia pela Kirochnaya ul. para

encontrar Josep Marília:

Lis B nem era mulher de Josep Marília

e só poderiam encontrá-lo em Kirochnaya ul.

as imagens do metrô retorcido no atentado à linha 2

do metrô Parmas — Kupchino

e os *salary men* espalhados pelo chão nas estações

da linha Naka-Meguro — Kita-Senju:

o retrogosto da morte nas ruas de 2017:

e Lis B não era nem mesmo *sua mulher*, como se diz:

Lis B não era mulher de ninguém, na verdade,

Lis B que procurava para transar homens que nada dissessem

enquanto transavam:

nem antes nem depois:

Josep Marília avista uma parada de ônibus e decide tomar

o primeiro que vier

rumo a qualquer direção que supunha ser aquela para onde deveria seguir

e no primeiro que chega Josep Marília entra sem bilhete

e sem dinheiro para comprá-lo no interior do ônibus

se o vendessem no ônibus:

a motorista olha para Josep Marília que olha para ela

e o que Josep Marília lhe diz em russo nada diz

e seu inglês inútil

de nada serve:

a motorista olha para Josep Marília

com olhos pouco visíveis acima da ampla boca e lhe faz sinal com *ampla mão*

antes acostumada a sentir algum inconsciente prazer no arrasto rude

de um cavalo de serviço (é o que pensa Josep Marília no momento

entregue a imprevistos sonhos coletivistas ancorados em 1917

não afetados pela tormenta
de Chernobyl em 1986 que acontecera em um *outro ponto*):
o sinal com a *ampla mão* indica que Josep Marília pode entrar
e viajar sem pagar
e ao contrário de Tokyo todos dentro do ônibus olham para ele
diretamente para ele
e o veem
mesmo se em S. Petersburgo tampouco digam coisa alguma
e Josep Marília olha pela janela do ônibus vendo a rua e os prédios velhos
passarem e ninguém passando pelas ruas
tentando adivinhar onde está
e para onde está indo
e Josep Marília mais uma vez não tem a menor ideia de onde está ou
do rumo que tomam por ele:
como se o tempo fosse infinito e o espaço contivesse esse tempo por inteiro:
aos poucos a Kirochnaya ul. transforma-se em Paradnaya ul.
e depois em ul. Nekrasova e depois em Avenida Ligovsky e depois
a Ave. Ligovsky transforma-se de pista única em pista dupla
e Josep Marília passa por imenso hospital no qual acredita
infantilmente divisar marcas da história do século de 1917
e depois com surpresa reconhece a Ploshchad Vosstaniya
com sua entrada de metrô
e Josep Marília pede para descer e ao descer olha para aquela boca imensa
sob olhos redondos e abertos diante do volante do ônibus
e lhe faz um gesto impreciso e milenar de agradecimento:
a motorista do ônibus articulado acena com a *mão* para Josep Marília
do mesmo modo como o fizera
quarenta minutos atrás meia hora atrás uma hora atrás
com sua *ampla mão*
e fecha a porta dianteira:
Josep Marília pensa com clareza que jamais poderia apaixonar-se
por uma mulher com *amplas mãos*:

Josep Marília encontra-se com Lis B outra vez

... com uma realidade da qual não tem
conceito algum.

é outubro outra vez
ou o mesmo outubro permanece e insiste e persiste
e Josep Marília já estava morto mesmo sonhando estar vivo:
a reunião para sonhar aproxima-se, como previsto:
Josep Marília caminha de modo sugestivamente rápido e ágil
para quem já estava morto há tempo
e ansioso por abraçar Lis B
que outra vez não ergueria os braços em direção ao corpo dele
e os deixaria pendentes ao longo do próprio corpo como se
apenas constrangidamente consentindo em algo com o que
não concordava e que
mal podia suportar
sugerindo, quase, um *estupro emocional*
(e isso Josep Marília percebeu de imediato):
Josep Marília ainda teve tempo para observar a intensa agitação
no fim de tarde
das pessoas nas calçadas e dos carros nas ruas,
vários de luxo, como se diria no Ocidente,
restaurando e fazendo persistir no início do século 21
os desníveis e distinções destruídos
um século antes
que permitiram e teriam permitido

estender e modernizar nosso potencial industrial
até mesmo nos equipamentos de cozinha

deixando para trás

a literatura dos 50 que numa espécie de processo paralelo
marcou-se menos pelo desejo de investigar a verdade do que pelo
ressentimento diante dos milagres alcançados na economia,

tudo correndo livre ao lado de pessoas

politicamente apáticas ao mesmo tempo que tomadas por um
alto grau de estimulação emocional na vertente do consumo

como na China do século 21:

Josep Marília observa as mulheres jovens entrando e saindo
pelas portas amplas
do amplo shopping ao lado da Estação Moscou
mal enfiadas em shorts minúsculos rasgados artificialmente e chics
e com sacos de compra em *mãos* que,
pendendo ao lado do corpo como as *mãos* de Lis B penderiam
ao lado do corpo de Josep Marília,
terminava em braços tatuados
que Josep Marília preferia descrever como *pichados*
e em rostos brancos de tão pálidos com argolas no nariz
pelas quais as vacas sempre tiveram de permitir que seus donos
as puxassem e levassem para lá e para cá
numa marcha que inelutavelmente terminava no matadouro:
assassinos e criminosos demais andavam pelas ruas de S. Petersburgo
para cima e para baixo
como Josep Marília ouvira a título de advertência antes da viagem
e do que não duvidava
embora nada visse de concreto nas ruas além daqueles carros caros

que não havia como justificar nas mãos daqueles homens,
todos homens,
imagens de bandidos de filmes americanos
e de filmes internacionais,
putas e bandidos,
sobre os quais Josep Marília
assumidamente projetava suas *ideias feitas* e seus preconceitos
de resto solidamente justificados:
no meio da multidão de fim de tarde agitada espalhada por todas as direções
da Ploshchad Vosstaniya e sua imensa rotatória
que Paris chama poeticamente de *carrousel*
como o *carrousel du Louvre*
Josep Marília sentiu emergirem à superfície de sua consciência superficial
àquela hora do dia
as palavras de H. Böll reconhecendo que

> *a culpa, o remorso, a penitência, o insight não se*
> *tornaram categorias sociais e muito menos políticas*

no pós-guerra alemão
nem na pós-União Soviética
nem na pós-ditadura militar no país Brasil
nem nos governos de esquerda no país Brasil:
nem na China de selvagem capitalismo de Estado:
as palavras de H. Böll revelam-se irritantemente precisas
e justas,
culpa remorso penitência insight
nunca foram categorias sociais e políticas
e não se transformaram em categorias sociais e políticas
na Alemanha pós-nazista e na URSS pós-stalinista
e na Rússia pós-muro
e no país Brasil pós-"redemocratização":

ou na China do capitalismo de Estado:
pelo contrário:

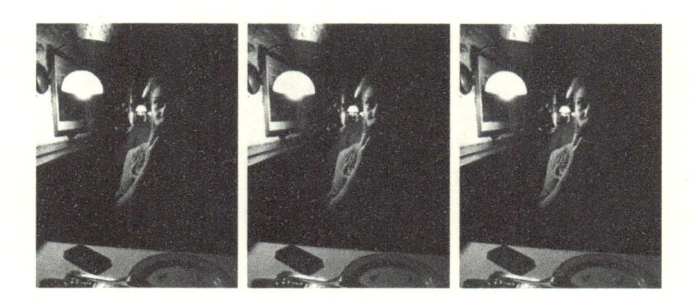

as palavras de H. Böll lidas em algum Campo Santo e subindo
à consciência naquela tarde de extravios e labirintos em algum
bairro central de S. Petersburgo sugerindo a Josep Marília a sensação
de nunca mais conseguir voltar a algum lugar onde se encontraria
a si mesmo
e a Lis B
ressoaram dentro da cabeça lotada de Josep Marília
antes de sumirem aos poucos como se apenas imaginadas e nunca existentes,
como é o fim de ideias assim
e das ideias e das mentes e dos mundos:

da janela do hotel do lado oposto à margem da Estação Finlândia
de costas voltadas para a Estação Finlândia
o mundo via-se assim

mas as imagens que ocupavam a memória prospectiva de Josep Marília
eram antes assim

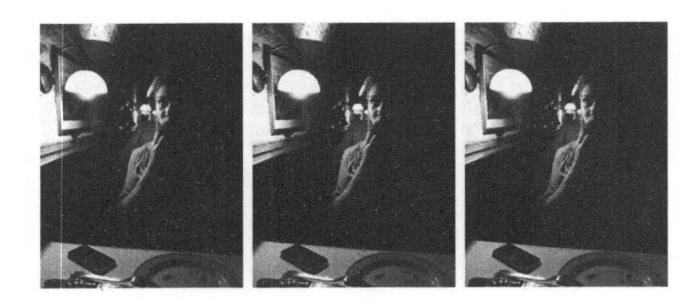

e cimentavam-se umas às outras com a cola usada em desenhos assim

se mesmo para quem está vivo é difícil que a cola
usada para manter juntos esses desenhos envolventes
sirva para juntar os cacos do dia num painel sugerindo
ao final
algum tipo de coerência,
para quem estava morto, mesmo sonhando estar vivo
com uma intensidade insuspeitada mesmo quando imaginara
ter a certeza de estar vivo,
a proeza era inviável: Josep Marília aceitava a ideia de uma

frouxa constelação

na aparência mantida unida por forças desconhecidas

como a única possibilidade alcançável e bastante:

Lis B estava *ao alcance de mão* e nunca estivera mais distante

e fora de qualquer alcance possível:

Lis B já dissera a Josep Marília, àquela altura,

que estava muito bem sozinha

(o que permite a conclusão óbvia que daí se pode extrair)

e que primeiro vinha seu filho

e depois sua família

e depois seu trabalho

e que só depois do trabalho e nessa ordem aparecia Josep Marília

sem que necessitasse dizê-lo com as palavras todas:

além disso Lis B o havia recriminado

por "não ser firme"

sem que Josep Marília de início soubesse se Lis B

referia-se a seu desempenho sexual, no que talvez tivesse razão,

ou a seu *comportamento geral na vida*, como se diz,

no que também teria razão, pensou Josep Marília:

não sei até que ponto Josep Marília dava-se conta

de retrair-se e retirar-se sempre que alguém dele se aproximava

e que o mesmo fazia Lis B, retrair-se e retirar-se, com a diferença

de que Lis B sabia que assim se comportava e sabia que Josep Marília

assim se comportava:

nessa perspectiva Lis B era mais perspicaz do que Josep Marília,

o que não era surpresa,

e talvez não precisasse de um esforço adicional para reconhecer

certas *paisagens da sensibilidade*

há algum tempo mergulhadas abaixo do *horizonte de eventos*

mas ocasionalmente de novo perceptíveis mesmo se rapidamente, algo de que Josep Marília *não parecia* capaz:

ou *não era* capaz, ponto:

inversamente, certas *paisagens da história* eram mais facilmente reconhecíveis

por Josep Marília do que por Lis B

com a diferença de que as *paisagens da história* tornavam-se sensíveis

para Josep Marília de um modo torrencial, avassalador:

as *paisagens da história* inversamente pouco contavam para Lis B que,

se as percebia,

encaixava-as na vida corrente e pronto:

naquela mesma noite, mais perto do ancoradouro de onde partiam

as embarcações para o lado onde estava a Finlyandskiy Station,

Josep Marília sentava-se diante de Lis B no restaurante com interior de

grossas pedras aparentes que em tudo parecia-se a um porão ou cave de serviço

de uma arcaica mansão senhorial emergindo de uma *paisagem da história*

para reivindicar

inutilmente

seus faustos de um dia: da estação Admiralteyskaya do metrô

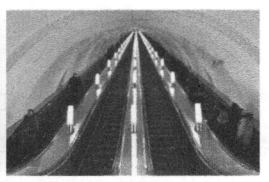

até o restaurante Lis B não disse palavra e Josep Marília

sentiu-se livre para perder o olhar pelas poucas pessoas

passando por aquela zona do Almirantado àquela hora e pelo céu

agora quase limpo

depois da chuva rala

e pelo perfil da igreja

ao mesmo tempo que procurava não perder

a direção do restaurante e não ultrapassar demais a hora da reserva

feita do outro lado do telefone por uma voz a falar inglês ao modo russo:

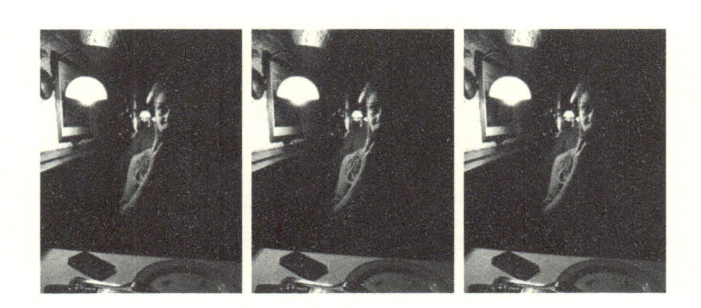

ao final do jantar Josep Marília perguntou a Lis B

se o mutismo dela e o exercício de não olhar para Josep Marília

significavam ter descoberto que não gostava tanto assim

nem da companhia de Josep Marília

nem de Josep Marília ele mesmo:

ao que Lis B respondeu que "Nada é definitivo":

talvez definitivas sejam apenas as *paisagens da história*

e as paisagens do tempo

que podem ser as mesmas ou não: pensou Josep Marília:

que nem naquele momento, nem mais tarde, no hotel,

sentiu qualquer tipo de ansiedade, nem experimentou insônia,

apenas fez de conta que não percebeu o significado da aproximação

do corpo nu de Lis B de seu próprio corpo nu

na cama

e da coxa nua que Lis B deslizou para cima da coxa nua de Josep Marília

debaixo do lençol

e que Josep Marília preferiu compreender como ensaio de reaproximação

depois da frieza da noite

mas que era de fato um verdadeiro convite ao sexo

que Josep Marília preferiu ignorar por não se sentir *pronto*,
como costumava dizer:
Josep Marília não era firme, de fato:

Quando sou, eu fui.

o jantar na cave revelou-se experiência insólita para Josep Marília:
a sala iluminava-se quase apenas com o foco de luz colocado sobre
cada mesa desenhando zonas de intensa luz sobre
as mãos próximas e mergulhando em semiescuridão as outras mesas
por sua vez boiando em suas próprias zonas de luz imediata:
na mesa ao lado uma mulher e dois homens abriam sucessivas garrafas
de vinho que o garçon trazia e servia com a mínima etiqueta requerida:
falavam alto como se nada tivessem a ocultar embora a Josep Marília
os dois parecessem homens de negócio

e a mulher, uma mulher de negócio:
os dois homens sentavam-se lado a lado num longo banco comum
de frente para Josep Marília
e a mulher ocupava uma cadeira de frente para os homens de negócios
e de costas para Josep Marília
que dela podia distinguir apenas, pelas roupas
e bracelete no pulso direito e sapatos sob a mesa,
os traços de uma *mulher de negócios*, idade indefinida
assim como os homens não eram jovens ou de meia-idade
e volumosos ambos,
delgada a mulher: estranha composição:
falavam alto e Josep Marília acreditava entender
pelos gestos e contas imaginárias traçadas na toalha
que iam avançavam e voltavam em alguma imaginária negociação:
e talvez não houvesse negociação alguma e eram apenas
amigos
conversando depois do trabalho

com toques de ansiedade na voz de um dos homens
que subia até uma altura incômoda e depois baixava e voltava a subir
enquanto a mulher mantinha voz uniforme sem mostrar efeitos do vinho
mais perceptível no rosto vermelho e sem autoconsciência
do homem ansioso:
a mulher, cujo rosto Josep Marília via em vago perfil,
instalara-se na imagem de um irresistível conjunto na imaginação

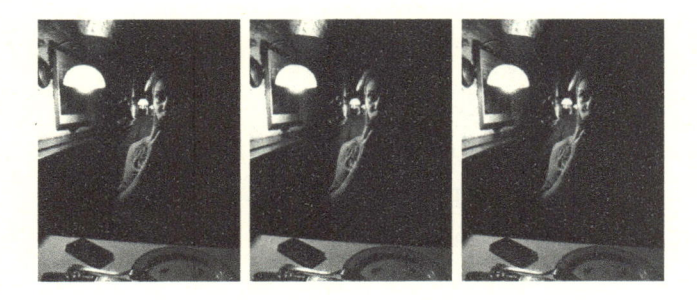

de Josep Marília, ao qual voltava continuamente,
embora Lis B sentada a sua frente lhe parecesse
ainda mais irresistível:
sem qualquer nuance de presunção embora
plenamente consciente
de ser irresistível:

os pratos se sucediam harmoniosos e em desenho inventivo
de cristais e talheres
ou vidros e talheres
à frente de Lis B e Josep Marília
enquanto a irresistível Lis B fazia o possível para ignorar Josep Marília
sentado a sua frente na mesa pequena
muito menor que a mesa dos dois homens de negócios e da mulher de negócios:

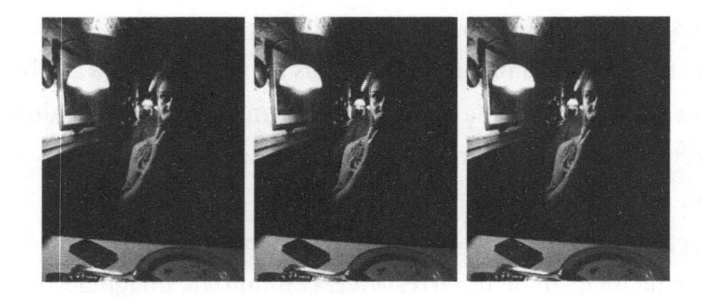

um jantar largamente em silêncio e
Lis B querendo estar a milhas de distância,
como se diz em S. Petersburgo,
mas sem mostrar iniciativa de levantar-se e sair:
Josep Marília atribuiu a imobilidade de Lis B
ao fato de Lis B não saber aonde poderia ir ao sair
a não ser voltar para o mesmo hotel
onde encontraria Josep Marília
e assim Lis B permanecia sentada diante de Josep Marília
bebendo vinho e comendo o que traziam para comer
sem olhar para Josep Marília:
olhar nos olhos, como se diz:
se pensasse naquele instante Josep Marília repetiria
para si mesmo
as palavras de Nietzsche imaginando que nada poderia haver
de mais sinistro do que a combinação entre a dor e lembrança
na arquitetura de uma memória
embora soubesse naquele mesmo instante, Josep Marília,
que, se depois recordasse aquele jantar, era o que sentiria:
naquele instante, porém, sentia-se,
o que seria incompreensível para alguém interessado em seus pensamentos
naquele momento,
esfuziantemente relaxado e alegre, talvez feliz, tomando vinho

diante de Lis B naquela mesa pequena embora ao lado avolumava-se
a imagem dos dois russos e da russa perturbadores:

ao saírem do restaurante a noite não cobria de todo
a cidade de S. Petersburgo, mais clara a oeste,
onde logo se reuniriam para sonhar o século 20,
e Josep Marília fingia para si mesmo e para uso de Lis B
estar mais alegre e solto e embriagado do que estava:
aquela simulação deve ter funcionado porque
poucos passos depois, ainda no Konnogvardeyskiy Boulevard, Lis B puxou-o
contra si e o beijou longamente na boca com paixão aparente
enquanto colava seu corpo ao dele:
e parecia não querer deixar que Josep Marília jamais se afastasse de seu corpo:
e parecia não ser Lis B
assim como parecia ser alguma outra mulher deslumbrante:

mão na mão Josep Marília e Lis B dobraram à direita na primeira rua
para verem-se diante do antigo quartel da guarda equestre mas voltaram
atrás e continuaram pelo Boulevard Konnogvardeyskiy que lhes parecia
agradável e seguro:
cruzaram a praça do Senado e entraram pelo parque do Almirantado
caminhando até a escultura do Cavaleiro de Bronze
para verem-se diante do rio Neva
e na margem oposta perceberem nítidas as luzes do Cais da Universidade
e as luzes da ponte Dvortsoviy que poderia levar à Estação Finlândia
mas não mais pretendiam ir à Estação Finlândia
e viraram em direção ao
Palácio de Inverno:
e as luzes interiores do Hermitage que Josep Marília e Lis B nunca
viram antes acendiam-se para eles de todos os lados
e Josep Marília via mármores verdes por todos os lados

e mulheres deslizando dentro de seus etéreos vestidos brancos de baile
longos até o chão e era para Josep Marília impossível
saber em que pensava Lis B naquele instante
em estado de suave embriaguez fingida e em tudo verdadeira:

> *Assim, não sabendo crer em Deus, [...] fiquei, como outros da orla*
> *das gentes, naquela distância de tudo a que comumente se chama*
> *a Decadência. A Decadência é a perda total da inconsciência;*
> *porque a inconsciência é o fundamento da vida. O coração, se*
> *pudesse pensar, pararia.*

sentiam mais frio do que imaginaram e não deveria ser seguro andar
por ali àquela hora porém Josep Marília arrastava Lis B pela mão
e ela se deixava levar
e subiram pela avenida Nevsky até o canal Moyka:

novas ondas de luzes vindas dos lados de cima e de baixo
desde as águas
envolviam-nos de todo os lados:
tudo aquilo marcava-se por formidável Decadência
e a Decadência da cidade era a mesma que Josep Marília sentia
e Lis B ignorava:
a decadência da cidade e a decadência da ideia da cidade
das ideias da cidade
corporificadas nos carros de luxo dirigidos por jovens com rostos rudes
e modos vulgares
que constrangiam Josep Marília a pensar em deliquentes
com seus carros de luxo empurrando para fora o som alto e desprezível
de músicas decadentes
a todo volume acentuando a chegada do que se chama Decadência:
uma sensação e um sentimento reconfortantes
a impulsionar Josep Marília rumo a
picos de inconsciência

como raramente antes: a vida corria acelerada por seus nervos
junto à consciência de que nada poderia ser tão belo
"que não o pudesse ser mais"
e Josep Marília e Lis B passaram por um e mais um e outro bar
com porta para a avenida Nevsky e algum neon em vermelho na fachada
e muita gente na rua fumando e bebendo diante dos bares,
naquele momento o epítome da inconsciência para Josep Marília
e talvez para Lis B:
e entraram num deles, o último da quadra,
e apenas cruzou a porta Lis B avisou Josep Marília
que estava sem calcinha:
muita gente dentro do bar com o neon vermelho à porta
e dentro do bar jovens brancas como num óleo sobre tela
os braços tatuados de todas as cores e formas
e coxas tatuadas de todas as formas e cores
que Josep Marília descobria quando se erguiam acima das pequenas mesas
e Lis B desapareceu no fluxo de mulheres jovens
e homens mais velhos e musculosos dentro de suas camisetas
empapadas de suor esticadas sobre o peito
e quando Josep Marília viu Lis B outra vez ela tinha o braço grosso
de um homem entre suas pernas erguendo-a acima de outra mesa e Lis B
sorria um sorriso suave, como se diz:

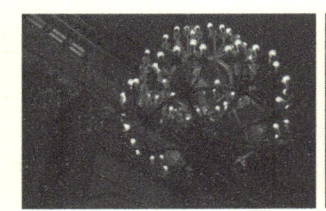 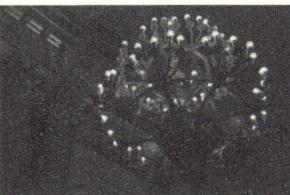 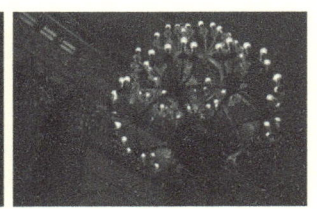

...the fear of the silence of the nights in which those
beings that know no fear are at work.

quando os quero ver novamente Josep Marília e Lis B estão encostados no
parapeito da ponte sobre o canal Griboyedov de costas para a igreja
do Salvador do Sangue Derramado
feérica a curta distância contra um céu de uma claridade inverossímil
àquela hora feita de rasgos de luz branca e azul a servir de fundo perfeito
para o jogo de luzes sobre as torres em cebola da igreja
na perspectiva correta delineada pelos lampiões à beira do canal
todos acesos e aceso o frontão fortemente iluminado do Museu Russo
e a noite está silenciosa e nenhum dos dois sente medo diante de nada
e Lis B sem dúvida não de Josep Marília
embora não haja ninguém à vista desde a ponte e até a igreja do Salvador
do Sangue Derramado:

ambos decidem mudar-se

"...to another country"

sem perceber já estarem em outro espaço e tempo:

3

o celular de Josep Marília anuncia a entrada de uma mensagem
e Josep Marília em seguida vê na pequena tela a imagem
do *The Times* de fevereiro de 1917 dizendo que

"esta profunda mudança
inaugura uma era de liberdade e progresso humano"
e não está claro quem enviara a mensagem,
seria qualquer um do grupo que logo se reuniria em S. Petersburgo para sonhar
ou talvez apenas
um envio automático de sites que insistem na faculdade de enviar
automaticamente
mensagens *pertinentes*:

a noite parece não ter deixado marca alguma na alma
na memória
na sensibilidade
de Josep Marília
e de Lis B
e na manhã seguinte Josep Marília precisa trocar dólares por rublos:

na estreita rua lateral ao lado do hotel sobre a Avenida Ligovsky
Josep Marília vira uma série de pequenas portas
com cartazes anunciando *Exchange*:
exchange: o que muda de fato, o que troca de lugar ou de mãos?
entra numa delas mais ou menos ao acaso para ver-se em sala estreita
sob luz fria e um enorme e gordo guarda armado em roupa preta
e colete à prova de balas
segurando portentosa arma nas mãos
e Josep Marília pensa dar meia-volta
mas precisa de rublos e alguém já lhe aponta outra porta
e depois caminha por outro corredor estreito dentro da casa
e mais uma série de estreitas e baixas portas sem janela
e Josep Marília entra na porta indicada por um painel de led azul
para ver-se de repente próximo a uma mulher gorda atrás de grosso vidro
que recebe de Josep Marília pequeno maço de notas de 50 dólares

que ela examina uma a uma e uma a uma rejeita dizendo
sem olhar para Josep Marília
"nyet", "nyet", "nyet",
e por vezes "no" e "no"
e outros "nyet", "nyet"
e sobram aceitas duas notas de 50
em troca das quais a mulher passa sob a estreita abertura
na parte inferior do vidro grosso
alguma quantidade de rublos
desacompanhada de outra informação
e Josep Marília sem poder dizer nada
refaz o mesmo caminho em sentido inverso
olhado por mais de um homem gordo e enorme vestindo uniforme negro
sob colete à prova de bala e arma pesada na mão
e a Josep Marília parece estarem todos interessados nele
e Josep Marília quer alcançar rápido a porta da rua
naquele labirinto que já lhe mostra a luz fraca do outro lado

da porta de saída
e Josep Marília de fato sai
sem maiores problemas numa falsa experiência de alguma coisa
com poucos rublos num bolso
e as rejeitadas notas de dólares
no outro:

estavam todos já em S. Petersburgo para fazer o que fariam em S. Petersburgo:
sonhar o século 20:
F, economista advogado; H, economista advogado; H. M., filósofa,
como se diz; A, artista plástica, como se diz;
L, para surpresa de todos,
e duas outras iniciais abreviadas que Josep Marília não conhecia
ou preferia não identificar
e alguns e algumas ex dos que estavam ali, uma poeta, um escritor:
e alguém mais:
a filha de alguém:
dificilmente teriam o mesmo sonho a sonhar:
por vinte mil dólares fecharam a ala ocidental do último andar do
restaurante na Nevsky Avenue a dois passos da Ligovsky Avenue
e da Estação Moscou, comida incluída, bebidas:
vinte mil dólares por dez resultava numa soma justa pela *extravaganza*

de um *elaborado e incomum entretenimento*
ou *séria empreitada*
ou *um longo, excitante e caro entretenimento:*
o século 20 como entretenimento, *entertainment* como se diz:
Josep Marília não pensara nisso antes,
o século 20 como *entertainment*: ideia boa:
para quem, não sabia ao certo, talvez para aquele lá em cima que tem a vida toda
e a eternidade
para divertir-se de algum modo: o século 20 um entretenimento, sonhar em
grupo o século 20:
nenhum outro cliente poderia passar para a sacada fria ao vento forte
de onde eles apenas, *o grupo*, poderiam ver do alto
e como quisessem
a cidade
e o pôr do sol tardio e adivinhar o Hermitage lá longe e
além do rio
a Finlyandskiy Station:
se quisessem:

eles querem e veem:
um a cada vez ou dois e três, não todos: muito frio:

descontraídos, alegres uns dois ou três, uma duas ou três na verdade:
Lis B não está entre elas e entre eles,
Lis B é outra história
uma história do século 21
sendo a mesma história:
Josep Marília sente a falta mas é assim:

olham os céus frios de S. Petersburgo tentando gravá-los na memória
como se fosse possível
e esforçando-se para ter consciência de estar ali para sonhar o século 20
em grupo:
ao final veriam se

os sonhos dão provas de uma incrível lucidez

como insistiu o sociólogo que jamais poderia estar presente
àquela reunião
nem nunca seria convidado, para começo de conversa:

> *o sonho fabrica-se enquanto as pessoas dormem e estão cortadas*
> *das interações sociais ordinárias e de todas as solicitações que*
> *arrastam atrás de si. O sonho é um pesadelo para o sociólogo.*

disse o sociólogo:
Josep Marília alegrava-se que os sociólogos tivessem pesadelos
ao sonhar a sociedade:

mas eles não iriam dormir ali no restaurante, nem dentro da sala nem na sacada
onde era impossível ficar mais do que poucos minutos naquele frio:
de resto haviam sonhado o século 20 enquanto bem acordados
e com os olhos grande abertos
e mais do que abertos todo o tempo:

de todo modo estavam ali para sonhar o século 20
pelos poucos minutos em que fechariam os olhos,
alguns minutos,
e se provocariam a sonhar o mesmo sonho comum
por alguns minutos
em semiconsciência
e despertariam do pesadelo sociológico
e arrancariam o carpete velho e sujo que recobria
seus espíritos pessoais e coletivos
e talvez se contassem uns aos outros o que haviam sonhado em grupo
e talvez não precisassem contar-se uns aos outros o que haviam sonhado
em grupo
porque o sonho era um só e comum e cada um já sabia o que o outro sonharia
num frontal e afrontante insulto à teoria geral do sonho
e à teoria sociológica do sonho:

todos podem lembrar-se do sonho que tiveram
caso se interessem por guardá-los ao acordar, parece:
se estavam acordados, perguntaram-se, como poderiam sonhar,
perguntaram-se:
feito o sonho, porém, saberiam ter sonhado o mesmo sonho:
sonhariam depois do jantar:
nada de grande comilança nem de uma grande beberança
mas farta mesmo assim
o suficiente para dormir ou dormitar alguns minutos
em temperatura próxima de zero
lá fora
e agradavelmente acolhedora
lá dentro
e comem e bebem, a conta da comida já paga, a conta dos vinhos e *grappas*
e licores não perturbava o sono de ninguém
e comem e bebem metabolizando o material empírico dos sonhos
acumulados no século 20:

os sonhos são extraordinariamente realistas, garantia o sociólogo
para a divertida suspeita de vários deles,
e nada têm em comum com
os desejos mais loucos que possamos ter, insistira o sociólogo:
bem, está bem, não quiseram ter um desejo específico do século 20 e portanto
não tinham problemas com a ideia suspeita de que os sonhos são
extraordinariamente realistas
como os sonhos provavelmente são: *extraordinariamente realistas*:
e existencialmente e socialmente ancorados e só parecem sem sentido
porque a comunicação de si para si mesmo, dentro de quem sonha,
está sempre embaralhada:
sem problema, estavam ali para comunicar-se entre si,
não de si para si,
e sem vontade de se enganarem a si mesmos e aos outros:
comeram e beberam:
a comida razoavelmente estimulante,
os vinhos consideravelmente acolhedores:

lá fora o céu continuava na mesma cor de antes e quase no mesmo formato
embora a cor fosse outra agora e as formas tivessem se liquefeito:
um iPad com o alarme definido para 25 minutos depois de acionado
e colocado no centro da longa mesa feita de mesas reunidas
os despertaria todos para a experiência final:
a quatro minutos por ano, ou algo assim,
o século caberia inteiro nessa fenda mínima da história,
toda ela depilada:

alguns entregam-se a dormitar sentados na própria mesa
dois ousados estendem-se no chão
ou uma ousada e

alguns pousam a cabeça sobre os braços cruzados
outros reclinam a cabeça para trás
com o risco de escancarar a boca em máscara grotesca:
ninguém saberá quem fingiu dormir e isso tampouco importa:
alguém saiu para a sacada, abrigado: ou abrigada:
para ver a cidade ou tentar outra vez sonhar acordado:

seria o sonho final, todos estavam plenamente conscientes:
um sonho da história e um sonho ético de dois marcos cronológicos
terminados por 7:

sonhar em comum:
denso delírio:
em S. Petersburgo:

imagino a cena, é o que posso fazer: não permitiram estranhos:
sei que as narrativas cruzaram-se descontroladas
no mecanismo do sonho de cada um
mesmo se fosse intenso o esforço de levá-las para alguma direção anunciada
como haviam feito no século 20:
o que há de formidável com os sonhos é que dão acesso a uma massa
de aproximações analógicas não conscientes que se constroem o tempo todo
mesmo quando estamos acordados, insistiu o sociólogo:
quando foram abrindo os olhos após o sinal do iPad
estavam de fato analogicamente próximos uns dos outros e umas das outras
e outras dos uns:
alguém perguntou se alguma surpresa surgira
e embora quase todos exibissem um sorriso leonardiano no rosto
não havia surpresa alguma, imagino:

haviam se reunido para sonhar em grupo

e haviam sonhado em grupo

num restaurante no último andar de um prédio velho de S. Petersburgo,

o que não quer dizer muita coisa naquela região, um prédio velho,

com entrada para a avenida Nevsky

e vista exclusiva para a cidade desde o alto, exclusiva e desimpedida:

pode-se *enxergar longe* desde aquele ponto e desde aquela decisão

de sonhar o século 20 em conjunto ao mesmo tempo e de forma espontânea

embora induzida:

As pessoas dão sérias viradas em suas vidas e
o resultado dessas viradas adquire um sentido.

constataram em seguida,

na sobremesa,

ou no café,

que três sonhos haviam sido notavelmente semelhantes

e que dois outros haviam cruzado na transversal dois outros

e os três restantes mostraram-se limítrofes aos demais:

sonhar em grupo:

no alto de um restaurante em S. Petersburgo:

que interessante:

o compromisso era que cada um continuaria com seu sonho ao descer à rua

sem contatos e sem mais reminiscências e sentindo que o sonho de cada um

contribuíra para o sonho comum

sonhado no restaurante no alto do prédio velho na Nevsky Avenue:

Josep Marília voltou para encontrar-se com Lis B que era o século 21:

alguém tem de ser do século 21:

Josep Marília descarta a visita ao Museu Anna Akhmatova
por ter ainda vibrando nas cordas flácidas da memória
as duas linhas por algum motivo recorrentes de um poema dela:

receio tê-lo embriagado com a cerveja
da amarga angústia e torturante dor:

cerveja nunca embriagaria Josep Marília com tons de angústia e
torturante dor: excessivo:
mas entendia a que remetiam os versos:
Josep Marília tenta determinar se os versos lhe haviam aflorado à consciência
na noite anterior encostado no parapeito da sacada aberta do restaurante
do sonho comum
e de costas para a igreja
do Salvador do Sangue Derramado
e sem Lis B ao lado, que não parecia recordar verso algum
(no que se mostrava vividamente mais sã do que ele),
ou se os recitava para si mesmo apenas no exato instante em que cruzava
a ponte sobre o rio Fontanka ao lado de Lis B
vendo a placa apontando para o
Museu Anna Akhmatova à direita:
não faz sentido visitar o museu de um escritora
nada há de uma escritora para ver como *objeto*
num museu:
tudo existiu dentro de sua cabeça
ou se disfarça sob as palavras impressas no papel,
pensou talvez Josep Marília naquele instante
com palavras por certo diferentes dessas:
e assim falou para Lis B.: "não vale a pena",
o que em seguida lhe pareceu uma bela Teoria do Instante:

continuaram descendo pela Nevsky Avenue:

no embarcadouro do Almirantado outra vez
(como é pequena S. Petersburgo)
Josep Marília e Lis B tomam o barco
para Peterhof ou o Versalhes russo de Petrogrado a meia hora de navegação
ali onde se materializou outro sonho russo com o ocidente
agora alcançado e atingido de pleno e em cheio:
navegando pelo Neva Josep Marília e Lis B passam
pela fortaleza de Pedro e Paulo
que mal veem
e em seguida descobrem estar à altura da Estação Finlyandskiy
ao lado da praça Lenin
mas bem longe dela, apenas a imaginam lá,
e prosseguem pelo canal que se estreita e alarga
e dobra à direita e à esquerda
várias vezes
e Josep Marília sai à proa do barco sob frio e sol e vento cortante
e antes que a comissária de bordo
em uniforme naútico
lhe *ordene* retornar para a cabina
a voz de Anna Akhmatova o surpreende outra vez
com duas outras linhas do mesmo poema que Josep Marília julgava
enterradas como se nunca lidas
sobrepondo-se ao rosto da comissária de bordo:

> *"se você me deixar hoje, morro"*
> *e ele se vira e sorri tão insuportavelmente calmo,*
> *"não fique de cara para o vento", ele respondeu:*

tenho de proteger o tímido vento de minha alma, pensou Josep Marília

ao voltar para o interior fechado do barco onde um grupo de chineses
olha para ele com olhar de quem não sabe o que está fazendo ali
e o que significa tudo aquilo:
(mesmo porque hoje ninguém mais diz isso, não me refiro a
"não ficar de cara para o vento"
mas "se você me deixar hoje, morro": ninguém mais morre
por ter sido *largado*: o ser humano mudou, no século 21):

passam por Monplaisir, o mesmo nome de parques e castelos
espalhado por toda parte no século 19 europeu
e ancoram em Peterhof: Versailles de Pedro o Grande
o grande palácio amarelo numa elevação para mostrar-se
desde a alameda perpendicular ao mar
ocultando atrás de si os jardins à francesa sucedendo-se
em tabuleiro retangular um dois três quatro
no desenho feito a régua e esquadro
que a fascinante Mme. du Barry detestava:

que espírito interessante, Mme. du Barry:
Mme. du Berry pensava
e tinha preferências:
que interessante:

e Lis B caminha ao lado de Josep Marília mal suportando a presença
de Josep Marília a seu lado
e depois Lis B some de vista
e Josep Marília entende-se só no parque diante do palácio
e nos jardins posteriores
e é improvável que Josep Marília esteja *realmente* só no palácio àquela hora
porque Josep Marília enfim avista Lis B de longe a certa altura
caminhando pelas alamedas junto ao estreito canal diante
da fachada monumental de Peterhof
por onde Josep Marília também caminha
indecisamente rumo ao mar onde quer molhar pelo menos os pés

e as *mãos*:

Josep Marília sempre observa *as mãos*
sempre vê a tragédia das vidas largamente inscritas *nas mãos*
gravadas *nas mãos*

mas Lis B *tem as mãos certas*, as mãos nas proporções certas
livres de toda mancha e toda marca da paisagem da história ou
da história ela mesma: pelo menos é o que Josep Marília pensa:
não *mãos* grandes nem dedos gordos para um braço pequeno
e um corpo delgado, *mãos certas* com que conversa sem precisar falar,
como Lis B quer: porém não nesse momento:

na viagem de volta ao cais do Almirantado o vento segue forte na proa do barco
agora em rumo contrário,
e outra comissária em uniforme náutico impede Josep Marília
de ficar na proa aberta de cara ao vento:
ao retornar para o interior fechado do barco Josep Marília
não mais vê nenhum chinês: mas eles estão por ali:

na manhã seguinte mais fria e escura que as outras
Josep Marília e Lis B
ou Josep Marília sozinho embora com Lis B ao lado
sentada no banco da limusine preta com motorista de preto alugado
passam enfim diante da Finlyandskiy Station ao lado da praça Lenin:
sem parar:
de longe:
e enfim de longe veem a fachada da estação e a estátua de Lenin:
"veem" é *como se diz* porque os olhos de Lis B
estão ainda cheios do Sangue Derramado
e se Josep Marília os visse entenderia que
Lis B é infinitamente
mais sensível e contemporânea do que ele, Josep Marília:
nesse instante Josep Marília sonha intensamente seu sonho recorrente
enquanto observa *a mão* de Lis B aberta e solta sobre o banco de couro preto

da limusine preta dirigida por um motorista de terno preto
perto da *mão* dele mesmo, Josep Marília,
como esquecida entre os dois
a caminho do aeroporto:
a postura de Lis B e seu olhar fixo em alguma coisa invisível à frente,
como de hábito,
como muitas vezes,
são irrepreensíveis:

Lis B, ela, sabe muito bem onde está naquele exato momento
e para onde vai:
não repasso minhas ações e emoções para ninguém, Lis B diz
olhando para a frente :
tenho comigo e por mim minha própria voz e minhas ações, Lis B diz:
fico feliz por isso, murmura Josep Marília naquele exato instante sonhando
intensamente seu sonho recorrente:

Cada época tem seus deserdados, aos quais já
não pertence o que foi e ainda não pertence
aquilo que ainda não é.

As palavras

p. 22, "a paisagem demora a desfazer suas sombras", de Lorena Martins, in *Cortile.*

p. 23, "camas desfeitas pelo sol da manhã", Lorena Martins, in *Valsa.*

p. 24, "a paisagem demora a desfazer suas sombras", idem.

p. 26, "sangrando o vidro", Lorena Martins, in *Amparo.*

p. 27, "Lies nicht mehr — schau!", de Paul Celan, in *Engführung.*

p. 27, *A love supreme,* John Coltrane.

p. 28, "Lies nicht mehr — schau!", Paul Celan, op. cit.

p. 29, "Cobrando seus tributos em sangue", de Claudio Magris, in *Danubio.*

p. 39, "The emotional past sometimes really is another country", de Colin Jones, "Did Emotions Cause the Terror?", NYRB, 22 jun. 2017

p. 41, "I don't dare start thinking in the morning", de Langston Hughes, "Blues at Dawn", poema cantado, in *Montage of a Dream Differed,* 1951.

p. 42, "A sombra do objeto caiu sobre ele", de Lorena Martins, in *Vestígio.*

p. 49, "de um delírio branco", Lorena Martins, in *Vestígio.*

p. 66, "Como uma esperança negra...", de Fernando Pessoa, *Livro do desassossego.*

p. 66, "O coração, se pudesse pensar...", idem.

p. 69, "E assim, alheios à solenidade...", idem.

p. 70, "Ele quase não se move e no entanto..." , de Richard Wagner, *Parsifal.*

p. 71, "Pertenço, porém, àquela espécie de homens...", Fernando Pessoa, op. cit.

p. 74, "a cidade que constroem...", Paul Celan, *Breathturn into Timestead: The Collected Later Poetry.*

p. 76, "as cabeças, monstruosas, a cidade...", idem.

p. 76, "I want to save my soul...", de Susan Sontag, *Stories: collected Stories,* 2017.

p. 81, "Écrire ce n'est pas raconter des histoires...", de Marguerite Duras, *La vie matérielle,* P.O.L., 1988.

p. 82, "Concebo que sejamos climas...", de Fernando Pessoa, op.cit.

p. 84, "Vivemos com a mesma inconsciência...", idem.

p. 85, "o antessabor da morte...", ibidem.

p. 90, "...com uma realidade da qual;...", de W. G. Sebald, *Campo Santo.*

p. 90, "estender e modernizar nosso potencial...", de Heinrich Böll, apud W. G. Sebald, op. cit.

p. 91, "a literatura dos 50 que numa espécie de...", idem.

p. 91, "politicamente apáticas ao mesmo tempo que...", W. G. Sebald, op. cit.

p. 98, *"Quando sou..."*, Fernando Pessoa, op. cit.

p. 102, "Assim, não sabendo crer em Deus...", Fernando Pessoa, op. cit.

p. 103, "...the fear of the silence of the nights...", Shakespeare, in *Hamlet.*

p. 104, "...to another country", de Colin Jones, op.cit.

p. 109, "os sonhos dão provas de...", Bernard Lahire, *L'interprétation sociologique des rêves.*

p. 109, "o sonho fabrica-se enquanto as pessoas...", idem.

p. 113, "As pessoas dão sérias viradas em suas vidas...", de Toni Judt, *Thinking the Twentieth Century.*

p. 114, "receio tê-lo embriagado...", de Anna Akhmatova, *Final Meeting.*

p. 115, "se você me deixar hoje, morro", idem.

p. 119, de Rilke, notas perdidas.

As imagens

p. 12: Robert Smithson, *Spiral Jetty*, 1970. *Land art* no Great Salt Lake, Utah, EUA.

p. 23: Gustave Courbet, *A origem do mundo*, 1866, 46 x 55 cm; Musée d'Orsay, Paris.

p. 29 a 34 e 38: Estátua fragmentada de Lenin sobre barcaça: do filme *O olhar de Ulisses* (*To Vlemma tou Odyssea* ou *Ulysses' Gaze*) filme de Theo Angelopoulos lançado em 1995.

p. 32: Planos de pessoas às margens do rio olhando a barcaça com a estátua fragmentada de Lenin, do mesmo filme de Theo Angelopoulos.

p. 37: Estátuas de Lenin sendo derrubadas de seus pedestais, sem autor identificado.

p. 49 e 50: Cenas do grande baile do filme *Arca russa*, de Alexandr Sokurov, 2002.

p. 55: Cena do grande baile do filme *O leopardo* (*Il gattopardo*), de Luchino Visconti, de 1963.

p. 63, 66, 70: Porta lateral do Hermitage, um plano do filme *Arca russa*, op. cit.

p. 82: Concerto *cum* performance campestre, autor não identificado.

p. 84: Vagão do metrô de S. Petersburgo após ato terrorista de 3 de abril de 2017; autor não identificado.

p. 85 e 86: Pessoas deitadas nas ruas de Tokio após ato terrorista com gás Sarin no metro da cidade em 1995; autor não identificado.

p. 87: Imagem de malas cheias de dinheiro em cenário do Brasil corrupto, publicada pela *Folha de S.Paulo*; autor da foto não identificado.

p. 117: Imagens do Palácio Peterhof em S. Petersburgo destruído na II Guerra Mundial; autores das fotos não identificados; p. 116, o mesmo Palácio hoje.

Todas as demais fotos, deste autor.

Quando *tem de* descrever-se, o autor opta pela expressão *armador de narrativas*, nos vários sentidos de *armador*: aquele que dispõe adornos para uma festa, prepara armadilhas, explora uma embarcação mesmo não sendo seu proprietário, *aquilo* onde se prende uma rede de dormir, aquele que trabalha com funerais ou que abastece um navio com equipamentos e que fornece armas mesmo sem saber manejá-las. E não faz distinção entre narrativas do tipo antes chamado de *ficção,* ou romances, e as ditas *ensaísticas* ou *teóricas*, que não passam de diferentes janelas dando para a realidade. Isso justifica, como diz, ter sido o narrador de *História natural da ditadura, Niemeyer um romance, Fúrias da mente, Colosso* ou de *A cultura e seu contrário* e *eCultura, a utopia final* - ou de haver proposto narrativas para o Museu de Arte Contemporânea da USP, como seu diretor, e para o MASP, na condição de curador-coordenador. São narrativas de arte, política, arquitetura ou apenas existenciais (como na expressão *risco existencial*). E tratou das narrativas de outros, como Foucault, Artaud, George Perec, Georg Groddeck e Alejo Carpentier, a quem traduziu com Jean-Claude Bernardet (e com ele escreveu uma narrativa dos *Histéricos*). No momento, arma narrativas sobre as culturas e humanidades computacionais, mas não voltadas apenas para ela. São várias, as armações possíveis.

Este livro foi composto em *Minion* pela *Iluminuras*,
e terminou de ser impresso em 2020 nas oficinas
da *Meta Gráfica*, em São Paulo, SP, em off-white
80 gramas.